U0465411

"十四五"时期国家重点出版物出版专项规划项目

致青春
成长书系
ZHI QINGCHUN
CHENGZHANG
SHUXI

月亮计划
YUELIANG JIHUA

唐糖 著

晨光出版社

　　她不知何时睡去，只知道自己坠到不能往下坠之后，浩瀚又窒息的黑暗将她拖入比海更深的梦里。

　　等到任锋锋把"东施效颦"四个字都写完，林田觉得抽屉里的发卡变成了恶魔，张着大嘴，随时准备咬她。

　　林田她们转过身，朝他那里走去，只见一种爬藤植物攀上了一株灌木，挂着两个绿色的果实，果身椭圆，头部尖尖，呈羊角形。

　　"这'地球一生游'的门票是你们自己的，不是其他人的。你们去努力，不是为了父母，不是为了成为别人，而是为了自己。学习是必须的，只是如果承受不住父母的压力，要好好沟通……"

　　食堂门前的小广场上，高高的洋槐树叶漏下斑驳的影子。在"林中曲"的旗帜下，朱洋洋已经指挥着大家开始演奏乐曲。

目 录

一、如果生日可以选择

很遗憾，就像不能选择出生的城市、降临的家庭，所有人也不能选择自己的生日。

如果能选，林田肯定不会选择8月30日。因为这一天过生日，生日宴就会变成开学前的"誓师大会"，爸妈或者偶尔出席的其他长辈们总免不了叮嘱："明天就开学了，要加油哟！"或询问："上学期考得如何啊？""这学期有没有什么新打算？"

稍大点儿，林田知道这无非是大人们开饭前象征性地问两句而已，但冲着桌上的回锅肉、水煮鱼、粉蒸排骨、辣子鸡……她还是磕磕巴巴地作答。每当这时，妈妈总是半开玩笑半嗔怪地说："怎么就知道吃，大声点儿嘛！这娃儿就这么子笨，不晓得像哪个，说话声音比蚊子还小。"

亲戚们赶紧打圆场："女孩子嘛，子笨点儿好，乖乖的，也不惹是生非，多省心啊！"

"子笨"是渝城话，不是"笨"的意思，只是形容在人群中最不起眼的那类人，内向，话不多，个性不突出。但加上个"笨"字，就很难自证清白了。

这个词，林田自然是不喜欢的，但似乎也反驳不了。她的确是这样，个性温吞，长相小时候还算文静、可爱，但近几年长胖了，青春期的孩子本就敏感，行事、说话就更羞怯一些。若学习成绩优异，这样的个性倒也能扳回一局。奈何林田的成绩又实属一般，小学时还能勉强排在班上十几名，自打去年上了初中，班里50名同学，她排25名，实打实的中等生。另外，林田也没什么能在人前展示的如唱歌、跳舞、弹奏乐器等才艺，这就更让她成了实实在在的"隐形人"。

在大家庭里，林田同样也是"隐形人"，但换了个说法，就是"最懂事""最不瞎胡闹"的小孩儿。但她知道，长辈们偏爱的从来不是她。比如，外婆对嘴甜的表弟、表姐明显比对自己热情。他们在的时候，家里的零食、水果也会更丰富一些，吃饭时也总是先给表弟、表姐夹菜后才轮到她。久而久之，林田但凡看到好东西，也不争不抢，总是退而求其次。看到爷爷带回旅游纪念品，她总是挑最不起眼的那一个；一箱玻璃瓶装可乐，她也总挑量最少的那一瓶。仿佛比起别人不给，自己不想要会更好一点儿。

这样一比较，就算生日的体验感不算好，浑身不自在，林田每年还是盼着这一天。要不是过生日，估计大家连多问她几句的心思都没有。而且，如果有的选，林田还希望一年能多过几次生日。

从林田小学四年级开始，疲于和爸爸吵架的妈妈一气之下和朋友去县城开药店，路途远，一两周才回来一次，有时甚至一个月才回来一次，给林田填满冰箱，偶尔做一顿饭就走。爸爸是医药销售员，早出晚归，虽然同住一个屋檐下，但父女俩可能好几天都打不到照面。见林田很独立，爸爸两三天就跑一次蓉城看市场，常常留林田一个人在家。

有一次，老师给班里同学分享"留守儿童"的故事，讲起那些农村孩子，他们的父母常年在外打工，一年到头很难见一面。林田想，自己不就是"留守儿童"吗？而且，林田爸妈还跟说好了似的，尽量避开对方在家的时间。除了春节、中秋等重要节日，也只有在"留守儿童"林田过生日时，爸妈才会从工作中抽身，妈妈做一桌子菜，爸爸会提回她喜欢的冰激凌蛋糕，然后请几家亲戚，像"一家人"一样热热闹闹地坐在一起吃顿饭。而这一顿爸妈从不缺席的生日聚餐让林田一直坚信，爸妈如今还勉强维持着这个家，不仅因为彼此还有感情，还因为心里是爱着她的。就像《名侦探柯南》里的小兰爸妈，常年分居，很多集都不会出现在同一画面上，即便见面，除了互相挑刺就是吵架，但他们都是百分之百爱着小兰的。

因此，这几年每次过生日，林田在亲戚的注视下，面对妈妈做的一大桌子菜、爸爸提回的生日蛋糕，在蜡烛的柔光中许愿时，她总觉得自己被满满的爱意包围着。虽然只有一首生日歌的时间，但她的身体仿佛也迅速充满电，那些孤单、委屈在这一刻统统都被抹去。而后，她又有勇气做回"留守儿童"一整年了。

今天是8月30日，是林田13岁的生日，她依然期待着那个"充电"时刻的到来。

一大早起来，林田就看见妈妈在厨房忙碌。爸爸昨天就没着家，林田也没多问，反正爸爸公司事多，到晚上饭点自然就会回来的。

中午，母女俩随便吃了点儿。一番收拾后，妈妈就嘱咐林田在家看书，收拾好明天开学的东西，她有几样食材忘了买，还得出去一趟："今天来的人少，就舅舅、舅妈、外婆他们过来。"

林田这次猛然接了一句："妈，要不我跟你一起去，我也想做个菜给大家吃。"

妈妈去开药店后，起初林田一个人在家时，要么吃食堂，要么就去楼下随便吃碗小面，这让她愈发想念妈妈做的饭菜。有时，她一个人躺在床上，漆黑一片，偶尔也有些害怕。每个人驱赶害怕的方式不一样，有的人可能会唱歌，有的人可能会想故事或电视剧的各种情节，而林田就会想妈妈做的各种菜，边想边咽口水，再数着妈妈回家的日子，慢慢睡去。

有一次，她实在是想吃妈妈做的回锅肉。在妈妈还没去外地工作时，回锅肉是家里周末最常吃的菜。一块凑近闻可能还有腥气的肉就在妈妈一步一步的加工中，满屋飘香。更小的时候，爸爸开一瓶啤酒，给林田开一瓶豆奶，两个人坐在桌前，等着妈妈上回锅肉。一端上来，父女俩顾不上烫，立刻夹上一筷子放嘴里，爸爸吃完一口，还老说："我可就是被你妈这口回锅肉给征服的……"林田也一样。小朋友们都不太爱吃胡萝卜、苦瓜这些蔬菜，林田就特别喜欢吃——因为妈妈会把它们切成薄片放进回锅肉里，借着五花肉的软糯与各式香料的组合，让那些难吃的蔬菜一一卸下唬人的盔甲，变成美味。

总之，就像每家都有一道属于自己家的味道的菜，而回锅肉当仁不让就代表林田家的味道，过一阵不吃，从舌头到胃都想念得紧。但后来，林田也不敢向来去匆匆的妈妈多提要求，毕竟要做好这道菜，工序可不少。而她总觉得自己少提要求，少添乱，或许家就会一步步慢慢变好。后来有一次，林田干脆用零花钱买来食材，上网查菜谱，再回忆着妈妈做菜的步骤，一步一步跟着做。猪肉切得大块小块的，爆油时还噼啪作响，有一两滴热油溅到手上生疼，手忙脚乱地放完调料出锅。熟是熟了，但味道远不及妈妈做的味道好。

她倒没有沮丧，等妈妈再做时，悄悄偷师学艺。原来五花肉煮到半熟，切片爆油时，可以加上仔姜丝一起炒，防爆还去腥，尤其能将仔姜特有的辛辣、清香之气逼进肉里。肉爆好后，还可以切洋葱片爆香，再把肉回锅，借洋葱的甜味给肉提鲜，比用白糖更妙。接下来的点睛之笔则是放一勺豆瓣酱，加上四五个切碎的泡椒，这简直能让回锅肉的口味再往上提一个层级。在得到这几个关键的技巧后，后面再按常规步骤来，基本就能还原妈妈做的回锅肉，甚至可以以假乱真了。末了，再配上一碗热腾腾的米饭，哪怕是独自坐在空荡荡的客厅里吃饭，林田也有一种深深的满足感，那些一个人的委屈、难过，好像都能随着这一口肉、一口饭统统消化了。仿佛在这一道菜的香气中，他们家曾经那些温馨甜蜜的时刻也重现了。

有了这次的成功，林田仿佛开了窍。

渐渐地，做各种自己想吃的菜成了林田最大的乐趣，好像除了做菜，从来没有哪一件事能让她连动画片都可以不看。在厨房里，使用油、盐、酱、醋等，将那些食材变成美味的熟食，林田觉得自己像是拥有魔法一般。在厨房这个魔法乐园，周末时林田一个人就能待上一天。别的同学存钱买零食、玩具，她存钱买各种调料、食谱。

只不过林田觉得，比起其他才艺，厨艺是上不得台面的，大人肯定会觉得她不务正业。尤其像她这个年纪的孩子，要么抓紧学习，要么学画画、钢琴、舞蹈等，没见过哪里有少年厨艺班的。因此，林田也小心翼翼地隐藏着，免得惹来爸妈的注意，不让她再精进厨艺，那可就完蛋了。但偶尔露出"马脚"，好像爸妈也没多说。毕竟，比起别人家的爸爸妈妈，他们甚至连林田的学习都很少过问，想起来就是三句囫囵话来回说："好好学习啊！""自己多抓点紧！""学习都靠自觉的！"

最近，林田看到一部美食综艺，特别崇拜节目里的米其林三星行政总厨秦一凡，人长得帅气，厨艺也极为精湛。第一期节目中，秦一凡按要求从一整条三文鱼身上切下300克鱼肉，他拿着刀比画几下，下手稳且准，克数不多不少。而且，市场上普普通通的食材每每经他手侍弄、调整、摆盘后，仿若橱窗里的艺术品一般。起初林田幻想，要是能吃一次秦一凡做的菜该多好，后来又想，要是以后能跟着秦一凡学习厨艺就好了，或者……或者将来做一个像秦一凡那样的厨师，就更好了。

以前别的同学都说自己长大后想当科学家、当老师、当演员……林田总是支支吾吾的，她不知道自己想干什么，想当厨师倒是她第一个发自内心的想法。因此，想着想着，她也觉得是不是可以不用隐藏自己喜欢厨艺这件事，干脆借着这次生日露一手。

可林田话音刚落，妈妈就皱皱眉："我就说怎么刀把油腻腻的呢！"转而边换鞋边说："你还有闲心做菜，以后要当伙夫吗？赶紧收拾你明天上学用的东西吧，心思多用在学习上。以前不说你，但现在都初二了，上学期都快排到三十名了。没说你，自己知趣点哈，这成绩能考个啥高中！别整这些没用的，女孩子要自强，做自己的事业，饭做得再好吃，又有什么用……"

这次回来，妈妈的脾气异常暴躁，嘴里像含有几节鞭炮，一开口就噼里啪啦地炸个没完。

林田不知道原因。唉，大人没来由地发脾气，真是让人摸不着头脑。她还想分辩什么，但看着妈妈不开心的脸，只能悻悻地回应："哦，晓得了。"还穿着睡衣的她准备去阳台拿衣服来换。

妈妈在门口站定，欲言又止，最终还是说了出来："林田，你还是少吃点油腻的东西，那些垃圾食品少吃点儿，女孩子家家的，体重稍微控

致青春 · 成长书系

制点儿。看，你比上次又胖了一圈啊！算了，算了，我买菜去了……"门"砰"的一声关上了。

妈妈说话一如既往地"打人"，小时候林田不理解方言里的这个词，后来慢慢长大，林田就有切身体会了。妈妈总能将一句本可以好好说的话变成一根隐形的鞭子，一下一下地抽到她身上。有时，林田恨不得就让妈妈真打两下，或许来得还痛快点儿。所以，比起心情常是多云转雨、小雨转大雨的妈妈，林田心里还是更喜欢笑眯眯如晴天的爸爸，以前不那么忙的时候，她也会陪爸爸下棋、看球赛。

想到这儿，林田又倚着阳台，踮着脚尖，楼下爸爸常停车的位置还是空着的。

爸爸，怎么还没回来？

傍晚时分，厨房里两个锅都"咕嘟咕嘟"地冒着白气，妈妈切菜的声音就没停下来过。妈妈嘴上说不要把心思放在吃上，但她做的菜却是一流的。渝城的主妇们大多厨艺了得，但无论是奶奶家亲戚，还是外婆家亲戚，都公认妈妈的厨艺是最好的。同样的家常菜，妈妈也总能做出花样，麻辣鲜香总能恰到好处。因此，大家庭聚会时，妈妈总是作为大厨忙前忙后，为十几号人奉上一大桌美食。

因此，哪怕林田心里有时对妈妈有些抱怨，但只要一上桌，将妈妈做的菜放进嘴里那一刻，就知道什么是"吃人嘴软"——什么怨什么恨都没了。好友曲瑶瑶试吃林田的菜时，就夸她："林田，你真是个天才！"林田忍不住心里一阵窃喜。要知道，除了厨艺，可从来没人在其他方面说过她是天才。时间久了，林田觉得，自己若真有这天赋，那一定是来自妈妈的遗传。不过，她从未跟妈妈提起过，刚听到妈妈说那些话，她嘴里嘀咕着："要是我以后真当个厨子，我妈会怎样呢？"

林田坐在卧室地板上整理旧书、旧杂志，闻到从厨房飘过来的香味，忍不住咽口水。抬头往窗外看看，晚霞还没落尽，楼宇将橘色的天空裁成不规则的几何形状。突然，林田站起身，跑到窗前，探出头去看杨婆婆家的窗子。

没开！

"坏了！"林田心里一紧，匆忙换上鞋出了门，下楼敲了敲杨婆婆家的门。先是听到了乒乓"喵喵呜呜"的叫声，随即是杨婆婆在门内应答的声音。

林田松了口气。

杨婆婆六十来岁，脾气有点儿怪，和街坊来往不多，也不像小区里其他老头老太那样扎堆聊天、打麻将。她以前是厂里搞宣传的，平日就在家练字、看书、拉二胡。杨婆婆唯一的儿子已经定居国外了，老伴去世后，她就一个人在这里生活。

以前，林田和杨婆婆不仅不熟，还有点儿害怕这位精瘦、严肃的婆婆，直到前年夏天，杨婆婆家的小猫乒乓走丢了，她很着急，挨着敲邻居的门，累得气喘吁吁，爬了几个单元，大家都冷淡地回一句"没看见"。

林田见过杨婆婆家的乒乓，全身雪白，两眼中间有一撮圆形的黑毛，像是故意点的美人痣。看见杨婆婆着急的样子，她便自告奋勇帮杨婆婆找乒乓。跑了几个小时，林田才在隔壁小区找到了乒乓。它蹲在一丛繁盛的万年青里，不知被谁泼了水，浑身瑟瑟发抖。林田就将自己的外套脱下，包着乒乓给杨婆婆送了过去。

打那以后，林田和杨婆婆便熟络起来。杨婆婆知道林田经常一个人在

致青春·成长书系

家，偶尔家里有好东西，她都将林田叫下来。杨婆婆也烧得一手好菜，而且很多还是林田之前没怎么吃过的，比如杨婆婆秘制的"麦酱"。

每逢夏天小麦收成的时日，杨婆婆就会找老家的亲戚要上五千克，淘洗干净，平铺在湿润阴凉的大簸箕上，然后盖上一层湿纱布，铺上一层灌木黄荆，那是一种带着特殊芳香气味、开紫色花的植物，刚好在这个时节开花。随后，时间让小麦悄悄发芽，黄荆的香气也浸入其中。一周后，长出嫩芽的小麦被放进小石磨里，加水碾磨成酱，再放适量的盐，封存在瓷坛里，一份带着麦芽糖的馨甜和植物香气的麦酱就做好了。

无论是炖菜还是炒菜，放点麦酱就会更香。尤其是那一道丝瓜清炖牛蛙，挖一勺麦酱放里面，将丝瓜的清甜与牛蛙的甘鲜都一一逗引出来了。杨婆婆说以前很多人做麦酱，后来大家嫌麻烦都不再做，只是她儿子喜欢，她才每年费劲托老家的亲戚找齐原料做一批，然后花老贵的运费，漂洋过海邮寄过去。看林田这么爱吃，后来杨婆婆还专门拿个小瓶子给林田装了一瓶，说没有了就问她要。杨婆婆牙口很好，尤其喜欢啃骨头。她家冰箱里藏着几十年的老卤，常常做些秘制卤味，她称之为"卤全家"——鸭翅、鸡翅、排骨等统统放在一起卤，每次都会给林田留一份。当然了，林田要发明什么新菜品，杨婆婆也是第一尝鲜人。

"林田，林田，快来试试，今天这个卤鸡翅又嫩又糯。"

"杨婆婆，您试试我的新菜品。"

"特别棒，但做完要记得关好火哟！"

杨婆婆对林田常常是不吝夸赞，尤其是林田常常喜欢鼓捣一些新菜品，但也会指出一些问题。比如林田厨艺热情刚点燃的那些时日，对各种香料都想试试，总恨不能多加点儿，有次她"独创"了一份"香叶排骨"，那是在红烧排骨的基础上加了十几片香叶，想着能增加排骨的

"香"味。做完后，来不及尝一口，就"献宝"似的端给杨婆婆试试，两人同时夹起来尝，刚咬了一口，眉头就皱起来。

杨婆婆大笑着说："哈哈哈哈，看来这次创新是失败了。凡事要有度，八角、丁香、香叶等香料只有适量才能香，多了就适得其反，又苦又涩。"

"好吧，我知道了，难怪那些菜谱上总写'适量'。"林田望着那盘香叶排骨说，"可到底多少肉配比多少香叶才最合适呢？"

"这就是厨房里的小学问啦……"

这一来一往，一个留守儿童，一位留守老人，倒是处成了"忘年交"。今年年初杨婆婆摔了一跤，住院回来，人就没以前那么精神了，起初请了保姆，也不知什么原因，总合不来，没两天就走了。杨婆婆就特地来找林田，林田的卧室窗户刚好对着杨婆婆家的客厅窗户。杨婆婆说自己每天起得早，起来就开窗，麻烦林田起床开窗时看看，如果她忘记了开窗，麻烦林田一定要敲敲门，怕自己在家摔了起不来。

林田答应了，每天起床都会看看。可今天迷迷糊糊，做东做西，就忘了这件事了。

门开了。

"林田啊，我正要找你，来来来……"摔了一跤后，杨婆婆的腿明显不太听使唤，只能在地上拖着挪动。

"杨婆婆，对不起啊，我今天给忘了，才看见您没开窗。"林田踏进杨婆婆的家门，也不知道杨婆婆是有什么事儿。

"瞧我这记性，真是越来越不行了。谢谢你了，好孩子！我今天也是真忘了。"杨婆婆边说边打开冰箱，拿出一个包装精美的小蛋糕，方形透明的盒子上，还系着粉红色的丝带，"可婆婆没忘今天是你的生日啊，这是给你的蛋糕，谢谢你天天还想着我，这段时间可真是麻烦你了。"说完，还掏出一个红包。

"不不不，杨婆婆，我不能收……蛋糕我爸爸都订好了，每年都是。"林田赶紧摆摆手。

"你爸爸订的是你爸爸的，这是婆婆的心意。你不收的话我这个老太婆要生气啦！再说，我老了，又不能多吃甜的，你不要，岂不是浪费了？"杨婆婆摆出以前当领导的威严来。

林田只好接住蛋糕，把红包又塞进杨婆婆怀里，说："谢谢杨婆婆，那我先回去，您还有什么需要再和我说吧。我爸马上就要回来了。"她忍不住嘴角上扬。

"去吧，去吧！爸爸妈妈难得回来一次，好好聚聚……"杨婆婆送林田到了门口，眼里噙着笑，以前笔挺的背也微微弯曲了。林田想，杨婆婆肯定很想她儿子一家，要不是杨婆婆墙上的老照片，林田都快忘了杨婆婆还有个孩子。听说进哥哥几年前回来过一次，往后好像再没回来过了。

林田提着蛋糕回了家。妈妈见了她问："谁给的蛋糕啊？"

"就……就楼下杨婆婆，说我……"林田话还没说完，妈妈就说："喔喔，正好。"妈妈拧着灶上的火，锅里的梅菜红烧肉已经散发出诱人的香味，"待会儿我还要端点菜去谢谢老人家，平日里对你没少照顾。也正好，我出去都忘了给你买蛋糕……"

"啊？蛋糕，蛋糕不都是爸爸买吗？"林田有点好奇，毕竟她最喜欢的冰激凌蛋糕正好在爸爸公司楼下，爸爸公司还会发蛋糕店的消费券。

"你爸啊！"妈妈轻"哼"一声，"忘了和你说，你爸今儿不回来了，去蓉城给他干女儿过生日去了，就你学校那个……什么斐然。听你爸单位的张姨说她在全国大赛上得了个银奖，这几天正好也是那个女孩的生日，请了几天假，就邀了组里同事一并去老家自驾游耍一圈，估计现在都快到了吧。"妈妈说得轻描淡写，但满脸愠色。

"为什么啊？"林田心里一沉，手里的蛋糕差点掉在地上。

"哼！你说为什么啊，别想了，他不在，我们还成不了席吗？快去收拾桌子，一会儿外婆和舅舅、舅妈还要来呢！"说完就撵林田出去，"油烟太大了，快出去，把门关上。"

林田出了厨房，抠着自己的手指，站在原地踟蹰不前。她当然知道妈妈口中爸爸的干女儿是谁，是爸爸的同事梅阿姨的女儿斐然。

梅阿姨是蓉城人，后来到渝城工作，就带着斐然过来。斐然比林田大一岁，就在林田所在的初中，现在读初三，是学校里的小明星。斐然钢琴级别很高，上学期就已经特招进了渝城最好的高中——一中，学校还张贴了喜报。斐然不仅钢琴弹得好，成绩也在年级前十，再加上从小练芭蕾舞的缘故，她整个人就像小仙女，在学校各种活动中都能看到她的身影。不过，学校大，学生多，林田平常鲜少碰到斐然。前几年，爸爸带她参加过聚会，梅阿姨也会带着斐然来。那就犹如仙女下凡一样，林田觉得自己在她面前，真的就是站在白天鹅阴影下的丑小鸭——当然，林田早就习惯这种状态，倒不觉得有什么异样，反而她还有点"骄傲"，自己可认识学校里的明星呢。不过，除了曲瑶瑶，她从没跟任何人说起过。

有次聚会，除了林田，还有其他年龄相仿的孩子，但无论有多少人，斐然都是绝对的中心。她总是大大方方，别人问什么都对答如流，还能主动挑起话题和大人们聊天，有着远超同龄人的成熟。林田就盯着桌上的美食听大人们聊天，知晓斐然爸爸早前就去世了，梅阿姨一直带着她。大家都夸梅阿姨，一个人把孩子带得这么好。那天林田爸爸也喝了酒，把林田领到了梅阿姨和斐然面前，让林田多跟斐然学习，还立马不太正式地认了斐然做干女儿。当然，林田和斐然都还没搞懂是怎么回事，聚会就散了。

回家后，林田想起自己读过的神话故事，就跟爸爸讲，觉得斐然姐姐是女娲造人时捏成的泥人，自己就是女娲甩出的泥点子。爸爸当时还说："那你也是我唯一的泥点子啊！"林田心里暖暖的，心想，虽然自己在外面扔在人堆里找不见，但自己的爸爸妈妈这么爱自己就行了。

只是最近一两年，梅阿姨偶尔出现在爸妈的对话中。她好像知晓了什么，但也不是很清楚，想问又不敢问，只好安慰自己，反正无论怎样，自己也是爸爸唯一的"泥点子"。

林田想给爸爸打电话，但刚拨了电话，还没接通就挂了，转而给爸爸发了短信："爸爸，你为什么不回来给我过生日？"林田捏着手机，看着那条信息，久久没有回音。

这时，舅舅、舅妈带着表弟和外婆进门了，妈妈在那边喊着林田摆碗筷："快点儿！干吗呢？还不出来喊人？"

林田抹干眼泪，走出门，低着头，挨个喊了舅舅、舅妈和外婆。

"怎么了，林田？这过生日了，还不高兴啊？"舅舅看着林田，开玩笑地问，"哈哈哈哈，看来是不想开学，还没耍够啊！去年考得如何啊？"

"没有。"林田甩下一句就进了厨房拿碗筷，挨个摆放在桌上，然后就呆坐在餐椅上。

"呵，还不是她爸！哼，去给别人当爸去了。"妈妈端着鸡汤，冲着林田舅舅说。

舅舅压低声音说："姐夫这也太……"

外婆使劲冲他们递眼色："这话莫当着孩子面说……"

"她这么大了，又不是不懂。懒得说了，快坐，吃饭吃饭。"妈妈招呼着大家坐下来吃饭。

林田心里像是有什么东西碎了，怔怔地坐在桌边。她什么都不想懂，明明是她的爸爸，为何要去给别人当爸？妈妈又是什么意思？或许自己一直看重的生日这一天，爸妈根本不在乎吧！

大家刚围桌坐下，两岁的小表弟看到立柜上的蛋糕，嚷嚷："我要吃，我要吃。"

"好好好！那我们先吃蛋糕，给姐姐过生日啊。"妈妈就叫林田去拿。

林田还没从妈妈那句"去给别人当爸"的话中抽离出来，妈妈的话也自动屏蔽在耳朵以外。然而，见林田坐在座位上一动不动，已经憋闷一天的妈妈突然把饭碗一放，筷子"啪"的一声拍在桌上："丧着个脸给谁看啊，没回来的是你爸，你冲我们摆什么脸色！"

林田回过神来，怯怯地回了声："我没有！"说完，上下眼皮一眨，几滴眼泪穿过睫毛的栅栏滚了出来。但她还是用手抹把脸，顺从地站起身去拿蛋糕。

舅舅、舅妈赶紧劝林田妈妈不要生气，但妈妈好似也压抑了很久，厉声道："你哭什么啊，你的生日是娘的受难日。你要是足够优秀，但凡有点拿得出手的成绩，你爸至于去给别人当爹，不回来给你过生日吗？还不是自己不能干，成绩不好，成天就知道看电视，就知道吃吃吃……"妈妈满眼通红，脸上的肉都抽搐着。

妈妈这些脱口而出的话迅速变成长满刺的鞭子，一句又一句地抽在林田身上，"疼"得她眼泪簌簌地往下掉，声音也忍不住急躁起来，却又说不出什么："是是是，你说得对，都是我不好……"

"我晓得，你就喜欢你爸，嫌我凶，嫌我啰唆，你现在去跟你爸啊！"

"我没有！我一个人就好，反正我都是一个人。"

"哎呀，怎么和妈妈说话的呢！"舅妈赶紧拉住妈妈，舅舅也把林田拉起来。小表弟被这一幕吓得直哭，一时间家里人仰马翻。

林田走回卧室，关上门，趴在床上。妈妈的声音有些尖厉，又带着哭腔从门外灌进来。妈妈平日说话也不饶人，但也是第一次说这样的话，瞬间将林田心里的那些"信念"炸得粉碎——原来那些自以为是的爱与被爱都是假的，都是自己一厢情愿。

"还学会发脾气了，你说我说得对不对，一天天就知道吃、看电视，也不好好学习，看你考不上好高中，将来能做什么，刷盘子、洗碗、扫大街吗？"

"不说了，不说了。"舅舅宽慰着妈妈，还敲敲林田的门，"田田，妈妈也是着急，你出来吃饭啊，生日呢，可不能这样……"

"她不吃算了，我们吃！本事没长，脾气倒是长了不少。"

…………

林田躺在床上，眼泪汩汩地涌出，淌过眼角，漫入弯弯曲曲的耳郭，潮湿，冰凉。妈妈的声音就被覆盖了，世界一下就安静下来。可妈妈的话却变成紧箍咒，甚至比紧箍咒还厉害，不需要念，林田只要一想起，头就疼得发紧。她从没像此刻一样觉得自己很可耻，不配当爸妈的女儿，但又觉得异常愤怒和委屈。原来是因为自己不够优秀，爸妈才这样忽略自己或者是放弃自己？留自己一个人长大，他们都各忙各的。

"原来自己一直都在自欺欺人，觉得无论怎样，他们都爱我。太幼稚了！还相信动画片里面的那套，还相信《名侦探柯南》里小兰的爸妈好，自己的爸妈就好，还相信爸妈会爱一个普通平凡的孩子。再说，人家小兰长得漂亮，跆拳道厉害，我怎么能和人家比呢？大人喜欢的都是像斐然那样的孩子吧，应该还会怀疑自己的孩子怎么这么笨、这么丑。"

林田越想，眼泪越止不住地往下流，又觉得很委屈：可我已经很努力不给他们添麻烦，努力一个人长大，为什么还要这样对我？

她躺在床上，却像是躺在海上的一艘小船里，无数未知的困惑混着前所未有的情绪如惊涛骇浪般一浪接着一浪地扑过来……她不知何时睡去，只知道自己坠到不能往下坠之后，浩瀚又窒息的黑暗将她拖入比海更深的梦里。

二、为什么被忽略的总是我？

闹钟响了，林田如同从海底浮出水面，伸手揉揉眼睛，结果一碰就疼。爸爸深夜发来短信，说这几日工作太忙，"周五回来，给你补起。"林田迅速拟了一条短信："没关系，陪你的干女儿吧！"可删了又改，改了又删，最终没发出去。

隔着门，林田听到客厅里有动静，她知道妈妈在收拾东西，准备赶大巴回县城了。一家三口又要分隔三地。原本早已习惯的模式，这一刻却让林田有种委屈感。

她站在窗前，视线穿过楼间缝隙，能看见远处高高低低的房子和起伏的山峦。入秋了，但渝城依然满山苍翠，近处还有个工厂，冒着袅袅白烟，厂下边就是流经渝城的长江。地理书上说，它从青海、西藏来，流经四川、云南，过渝城后，入三峡，到武汉，最后从上海入海，而海洋的水又会经过循环，去更远的地方……

上学期，林田还跟好友曲瑶瑶说，自己就喜欢渝城。"以后，我就要在楼下开一家餐馆，研究各种美食，开成一家老字号。你可要当我的小白鼠，我要把你喂得白白胖胖的。"

"好呀，最好我还能在你的餐馆旁边雇人开一家冷饮店，你帮我盯着。"

"那你干吗？"

"我要到很远的地方……去上海，去北京，到时候挣钱给你投资开连锁店，开到全国、全世界去。"

"那可以，我们还可以给这家餐馆取名叫'林中曲'。"

现在，林田觉得自己以后再也不想待在这里，要去很远很远的地方，远到他们都找不到我的地方。

这时，门把手响了一下。

"还反锁了！起来没，开学不去早点儿？"妈妈又敲了敲门，语气比昨天缓和了不少。

林田拧开门，母女俩眼神交汇的一瞬间都像是触电一样，迅速转向其他地方，妈妈钻进厨房里规整、打包，林田则转身去了厕所。等她出来时，妈妈已经换好鞋站在门口的地垫上："自己一个人好生点儿哈，这学期加油好好学，自己争气点儿。蛋糕我给你放冰箱里了，记得吃。"

林田点点头。

"昨天……"妈妈欲言又止，深吸一口气，"嗯，我走了，一个人锁好门。热饭吃最好用微波炉，如果用燃气记得关好。少刷手机，少看电视……"说完，拎着包就出了门。

校门前，有一道长长的大坡，得上几百步台阶才能抵达校门。走进校门，大风吹来阵阵"哗哗啦啦"的"暴雨声"，那是一条百米长的道路两旁法国大梧桐发出的声音。穿过梧桐林，又得上百来步阶梯才能到达教学楼。嗨，谁让渝城是山城啊！

走完两道大坡，在这三十多摄氏度的天气里，背一包、提两袋的林田已经累得气喘吁吁。周围不少同学身边都有父母陪着，全身上下没有任何

致青春·成长书系

负重。林田从小学三年级开始，就没享受过这种"待遇"了。

到了教室，十几号同学已经开始了新学期的第一个固定节目——大扫除。教室里的椅子都被反扣在桌子上，地面上还有些垃圾没有扫，不少同学三五一堆地凑着聊天，手上的扫帚也都在原地划拉。

班长蒋兰兰正踩着凳子擦教室高处的玻璃，她个子不高，站在上面，林田看着都觉得吓人，不过，她踩着的椅子有两个同学扶着。没一会儿，她正准备往下跳时，秦老师走进来："小心点儿，兰兰，找个男生帮你啊。"

蒋兰兰跳下来，冲着秦老师眨眼睛："秦老师好！不需要了，上面的玻璃我都搞定了，下面的玻璃再擦完就成。"

秦老师很亲昵地拍拍蒋兰兰的头："真乖！我记得你上学期的期末卷子，诗句默写处错了两道，扣了四分呢！这学期可不能这么马虎了，中考一分可是能甩掉千军万马的呢！"

蒋兰兰点点头："好的，秦老师，这学期我一定努力！"

林田想起初一开学大半个月，她去请假，秦老师在假条上停顿了七八秒也没写下她的名字，最后不得不问了一句："你叫什么名字来着？"可现在秦老师连蒋兰兰卷子哪里错了、扣了几分都记得如此清楚。

秦老师环视一周，眼神又定在正在教室后排颠球的罗晨身上，气不打一处来："罗晨，你大高个儿就躲在后面玩，让班长一个人擦那么高的窗户。"

"谁让她是班长呢！哈哈哈！"罗晨用脚颠起球，用手接住，塞进球网袋，然后拿起拖把就开始在地上乱舞，"我这不马上给同学们拖地了吗？"

罗晨是校足球队的队员，也是班上的"明星"人物。虽然成绩不咋地，但上课还总爱"积极"举手，回答问题不一定对，但是天马行空地回答一番，总能把老师、同学都逗乐。而下课，更是不会与凳子发生哪怕一秒的交集，要么炫耀似的颠两下足球，要么流窜在其他同学的座位上说话聊天。当然，他身边总能聚起不少人听他讲各种趣事儿，他声音大，笑声也大，也算是低配版的"余音绕梁"，每日不绝。反正，只要你待在教室，就不可能忽略掉罗晨。

"罗晨，这是懂事了啊，看来暑假没少上'思想政治'课。"秦老师看着明显不怎么会拖地的罗晨，就在地板上画几条水痕了事，又走到他跟前拍拍他的肩膀，拿过拖把，做出示范，"一看就是'四体不勤''五谷不分'啊。"

"哪有！老师您是不晓得，我在家勤快得很。我是想先拖个大概，再……"罗晨一如既往地"狡辩"。

"晓得了！晓得了！你莫跟我贫了，这学期不好好加油，看我怎么收拾你。"秦老师"恶狠狠"地威胁道，几个同学跟她打招呼后，就站在教室后面看黑板报。林田刚好扔了垃圾，提着垃圾桶往外走，和秦老师只有不到一米的距离，她甚至能闻到秦老师身上的柑橘味香水。以前，林田都喜欢绕着老师走，甚至还会默默祈祷，最好别被老师盯上。其实不用祈祷，老师也很难盯上她。

但经历了昨天的生日事件后，那些曾经不以为意的事，纷纷变得刺眼起来，仿佛在海底沉睡的生物通通醒来，浮上水面，叫人看得清清楚楚。

"如果你足够优秀，老师至于这么忽视你吗？"妈妈说的那句话莫名地又从脑袋里冒出来，几经变形又刺激着林田。她鬼使神差地也想凑上前去和秦老师说些什么，只是愣了几秒，找不到话题和引子。很快，柑橘味香气渐渐消失，秦老师已转身和另外一位同学聊天去了。

是啊！要是我足够优秀，秦老师就会看见我，不会忽略我，也可以问问我，和我开两句玩笑，而不是这样从我身边走过，像没看见一样。其他同学也不至于当我如空气一般。当然，或许不够优秀也行，能像罗晨那样调皮捣蛋也行，老师的眼神也会停留的。

林田显然两种都不沾边。还记得初中开学时，课桌是一人一张的，看着那些自来熟的同学很快就三三两两找到伙伴，但她发现自己很难找到合适的方式加入别人的聊天，就坐在那里等，希望有人能邀请自己加入——当然，这都是妄想，像她这么普通、平平无奇，怎么可能被邀请呢？

直到坐在前排的曲瑶瑶转过身，自顾自地讲起她来自远郊，她爸觉得这所学校的升学率高，就让她到这边来读。末了，她直接对林田说："那……我们是朋友啦。"这让林田措手不及，又很感动，狠狠地点头。和林田不一样，曲瑶瑶曾经是她小学班里的学习委员，成绩一直排在前五。她的目标是要通过这所升学率高的初中考上省重点高中。可惜，入学后的几次考试，曲瑶瑶的成绩始终徘徊在20名上下。

渐渐地，曲瑶瑶也没了起初的神采飞扬，每天捧着书在读，埋头做题，但成绩提高总是有限。另外，曲瑶瑶曾经也算是老师眼中的宠儿，现在"泯然众人矣"，也不好意思去找老师，有段时间都有点自暴自弃了。上学期，曲瑶瑶忙里偷闲地看完哈利·波特，对林田说："你有没有觉得教室虽然是教室，但是却被分为几个空间，我们这些人都穿上了'隐身衣'，总是不被看见。"作为资深"隐身衣"穿戴者，林田早就谙熟这套规则，自得其乐，那时她还调侃曲瑶瑶："我都练习很多年了，就等霍格沃兹的通知书了。"

如今林田有点恨自己身上这件"隐身衣"，从来没有像现在这样想要脱掉这件隐身衣。林田一边想，一边拎着垃圾桶往楼层的垃圾站走，忽然看见一个熟悉的身影，是曲瑶瑶。曲瑶瑶一脸不高兴的样子，再细看，她脸上还有几道"新鲜"的抓痕。

"瑶瑶，怎么了这是？"林田问。

"还能怎样，还不是因为他！"曲瑶瑶书包的肩带已经垮到手肘弯，每次放假她都恨不得把所有书都搬回去，而每次收假返校时，书包里又会增加各种辅导书。书包的大小在班里自然是数一数二的。当然，曲瑶瑶脸上依然挂着那标志性的黑眼圈，黑方框眼镜都盖不住。

林田赶紧跑过去清空垃圾桶，就扶着曲瑶瑶的书包往教室走。

曲瑶瑶口中的那个"他"是她的小弟弟，刚满四岁。林田听曲瑶瑶描述过，他就是家中的小"伏地魔"，只要放他在地上，他就像是受了召唤，上蹿下跳，所到之处无不是一片狼藉。曲瑶瑶爸妈在镇上做五金生意，常年都很忙，平日弟弟由小姨来看管。但凡曲瑶瑶一放假，小姨也放假了，看管弟弟基本就是她的事儿了。

今天一早，曲瑶瑶爸爸要送她来上学，弟弟耍赖也想来，爸爸就开车一路带来。弟弟在后排兴奋得一直手舞足蹈。这是拉货的小面包车，也没法安装儿童座椅，爸爸就不断提醒曲瑶瑶把弟弟管好，可弟弟就是不听，曲瑶瑶拉住他的手，他就上脚乱踢——这时林田才看到，曲瑶瑶衣服上隐约可见的小鞋印。

"哎呀，你别看他小，踢起人来真的特别疼。有一下，我觉得自己的肋骨都要断了。然后，我就稍微下重一点力，把他双腿固定住，他一下就大哭大闹起来，然后就在我脸上、头上乱抓挠……真的要气死我了。"曲瑶瑶说着，又把头绳捋下来，用手拨弄着头发扎了起来。

林田说："他怎么这么厉害？"

"这还不是最气人的。"曲瑶瑶说着，眼睛里一下就涌上了些"碎玻璃"，"……最让人伤心的是，看到我都被弟弟欺负成这样子了，我爸一点儿不责怪弟弟，还说我脾气越来越怪，把弟弟的腿都捏红了，说要是被妈妈看到，非教训我不可。算了，谁叫我成绩一直上不去……"

林田赶紧抽出纸巾给她。

"……自从我到这边来读书，考试名次总是上不去，我爸妈对我的态度就变了。这次放假，有时他们聚餐，就直接带弟弟去，也不叫上我，说让我在家好好学习，恨不能让我二十四小时都用在学习上，重新考到年级前几名才行。书本上的那些父母都是假的吧，通情达理的妈妈，幽默风趣的爸爸。现实才不是这样……"

林田揉着她的肩膀，不知怎的就冒出一句话："或者，倒也不一定是假的，只是完美的父母我们不配拥有吧！"

曲瑶瑶愣住了，停顿了几秒才说："倒也是。我爸妈爱的可能是以前那个能考年级前几名的女儿，而不是现在的我……"

林田赶紧说："啊！不是说你，不是说你，我是说我自己不配。"

"啊？"曲瑶瑶看着她，突然反应过来，"呀，一大早被我弟弟整得鸡飞狗跳的，我都忘了给你带生日礼物了。"

"嗨，别提生日了。"

"怎么啦？"

林田撇撇嘴，将过生日的事原原本本地讲给曲瑶瑶听，讲到激动处声音都颤抖，"是吧！是我不如我爸的干女儿，是我不够优秀吧，还长得普通，又没个性，活该被忽略。我以前真是幼稚，竟然会觉得我爸妈会喜欢像我这样的小孩，怎么可能啊？"

"哎呀，你别这么想啊！你……还能……"曲瑶瑶一时语顿，卡壳一下才反应过来，"你能做那么好吃的菜……"

"唉，那算什么呢，在大人眼里，那都是不务正业……"

曲瑶瑶赶紧拍拍她的背，说："是太过分了！你爸怎么能这样，你妈妈怎么能说这样的话呢！大人做这些事从不考虑我们的感受，我们但凡表现出一点点情绪，他们就说我们青春期叛逆。他们怎么不想想，我们为什么叛逆呢？他们真的了解我们吗？有时我想，如果自己只做一种植物，或者一种动物，或者要是我没有父母，我就可以到处去流浪了……"

"是啊，没办法，不幸是个人，还不是一个优秀的人。"林田叹了口气，13岁的第二天，自己心里竟然有了一种前所未有的矛盾感，既有前所未有的伤心、忧愁，又生出一种前所未有的"斗志"，"所以，我不想再做那个被忽略的人了。"

"你现在才想……我是一直都这么想，只是可能……我努力得还不够嘛！"曲瑶瑶平时没看过林田这副模样，也随声附和着说出自己的心里话，"做个优秀的人，就会成为那个不被忽略的人。"

"嗯嗯……或者不只是变优秀，或者……"

曲瑶瑶眼珠一转："或者像罗晨那样，老师不也时时刻刻盯着？而且你不知道，在我们镇那条街上，他也是出了名的调皮。小时候他还挺胖，跑着就像是球一样往前滚，他妈妈像是夸父逐日一般，天天追着他这个'球'跑，想要揍他。当然，倒确实是天天记挂着他。那可是绝对不会被忽略的人。"

"对啊！"林田想着刚才秦老师和罗晨的对话，用力点头。

"哈哈哈哈，还对啊，我说着玩的。"曲瑶瑶很快忘了脸上的伤，挽着林田回教室。

回到教室，新书已经被人摊在桌上了。新书有一股特有的墨香，让人忍不住想要凑近去闻一闻，那种墨香似乎有着奇怪的魔力，总让人有一种想要从头好好开始的感觉。当教室后面又传来罗晨和同学追逐打闹的声音，林田在书的扉页上写了一个又一个的"初二（3）班林田"，一个计划也慢慢在心中清晰起来，她拿出本子就在上面涂涂画画。

"反正，我绝不想再当以前的林田了。"

挨到上完晚自习，林田陪着曲瑶瑶走在回宿舍的路上，顺路也可以到学校大门口。这晚的月亮虽然不算圆，但特别亮，像是黑夜之王的眼睛。

"月明星稀，乌鹊南飞。"曲瑶瑶抬起头，摇头晃脑地背着古诗，"诗里写的还真对，真是月亮光芒太盛，星星的光芒都被遮住了……除了那颗亮点的可能是土星，还真看不到几颗星星呢。"

"是啊……所以，还是得做月亮啊。"林田望着天上说。

"啊，做月亮？"曲瑶瑶的目光从月亮落到了林田的脸上，满脑子都是问号。

"对啊，就是今天白天说的，要做不被忽略的人。"林田说着从书包里掏出一个本子，翻开一页，曲瑶瑶凑过去看，大多数地方都被涂涂抹抹，唯一看得清楚的就是页面顶端的几个大字——"不被忽视计划"。

"刚听你这么一说，我觉得叫'月亮计划'更酷。"林田又望望月亮，"你看啊，有的人就像月亮，总是那么光彩照人，让人总也忽略不了，可像我们这种都是不被看见的星辰……"

"可能我们都不是星辰，而只是'星尘'，尘土的尘。你看我们读的书、看的电视剧里面，女主角大都是漂亮、乐观、成绩好的，我们这种可能连配角都算不上。"曲瑶瑶附和道。

"所以，不能再这样下去，无论用什么办法，都要让自己变成月亮，成为一个不被忽略的人，总有办法的。"

"想是想，可哪有这么容易，你以为谁都能考前几名啊？"曲瑶瑶嗷噘嘴。

　　"我当然知道了，所以，我想的是另外的办法啊。"林田说完，贴着曲瑶瑶的耳朵嘀咕了几句。

　　曲瑶瑶听完，皱着眉："真的行吗？"

　　"不试试怎么知道，一步一步来嘛！"林田又望一眼天上的月亮，"这就是我们隐身人的'月亮计划'。你想想看，不管用什么方法，就是要引起注意。"

三、隐身人的"月亮计划"

和曲瑶瑶说完"大话"回来，林田躺在床上想起自己的"月亮计划"，兴奋是兴奋，但兴奋中又夹杂了不少忐忑和茫然。当了这么多年的隐身人，她学会的最重要的生存法则就是沉默、守规矩，不要有一点出格的行为。在家尽量不给爸妈添麻烦，在外面尽量不被提溜出来。反正无论在哪儿，她仿佛一直在玩一个"被谁看见就算输"的游戏。现在要走出这个游戏，主动引起别人的关注，她便有种无头苍蝇找不到方向的感觉。

当然，林田倒也有一个她以为的"方向"，就是此前附在曲瑶瑶耳朵边说的"学习下罗晨"。冷静下来，对标班里这位最让人不得不注意到的同学，他的招数可以拆分为迟到早退、大声喧哗、追逐打闹、不遵守课堂纪律、不按时交作业等。可细细咂摸开来，对"隐身"惯了的林田来说，竟然每一件都是"挑战"。

就拿其中最简单的"迟到"来说，也实在不好模仿。从小到大，但凡迟到，老师都是罚做清洁，但秦老师却说："劳动是光荣的，我可不罚你们做清洁。谁要迟到，找节班会课，上来唱歌、跳舞……"

果然，这招管用。大家渐渐长大，添了些羞耻心，比起小学时大都多了一份拘谨。为了避免上台，迟到率持续降低。偶尔迟到的同学纷纷嘀咕："这还不如罚扫地呢！"不过，这得除开罗晨等爱表现的刺头们，他们时常会迟到，且毫无惧色，像是不想放过这个"大放异彩"的机会。而真到"惩罚"之日，其实也都是破锣嗓子吼一曲，逗得大家哈哈大笑一通了事。但秦老师见措施确有效果，便怒瞪双眼，当他们是班级的调节剂。

自从秦老师立了这条规矩，林田有好几次都梦见自己站在岸边给大家唱歌，但怎么也发不出声，最后被抛弃在汪洋大海上。为此，除了手机，林田还买了两个闹钟，一个放在伸手够不着的窗台上，一个放在床头柜上。

想着想着，月光从窗外溜进来的影子已经变换了多种形状，蛐蛐声渐渐淡下来，林田才慢慢睡着。次日一早，在梦中被森林里的熊追着跑进湖里后，林田猛地清醒过来，伸手探探闹钟，发现才六点刚过，比平日还早，闹钟还没到点。

"唉，这可真够没出息的。"林田躺在床上，想着罗晨那些"引人瞩目"的行为，看来是真学不来，但是不是能试着"化用"一些呢？

接下来几天，林田绞尽脑汁想着如何给自己默默地"加戏"。确实是"默默"地，因为或许除了她自己，外人都看不出她这些行为到底是为什么。

起初，平日常穿黑白灰的林田，穿上了一件不常穿的红色外套，自以为像行走的交通信号灯一样惹人注目，走在路上，不由自主地就又弓着背了。其实，除了曲瑶瑶表示了"略微"的惊讶，其他同学完全没有反应，毕竟学校里穿成"彩虹"模样的人也不在少数。

出师不利，林田又决定，自己的说话声、笑声大一点，但每次脑子里是这么想的，但真这么做时，声音就卡在胸腔，低低地传出。或许是比以前大了一点儿，但是完全达不到引人注意的程度。她又试着在做课间操时

致青春 · 成长书系

动作都放开一点儿，同学们嬉嬉闹闹地没发现，倒是检查的老师路过时，盯着她看了一眼，点了点头，林田立马又恢复到此前的拘谨。

除此之外，还有无数种需要大家拿着放大镜盯着她看，才能发现的变化，实在是太"为难"大家了。

"太难了……"林田抓着曲瑶瑶的肩膀说。

"哈哈哈哈，早跟你说了，不要走这些'邪门歪道'……"曲瑶瑶笑着说，扶扶压在鼻梁上的眼镜。

"可……"林田不甘心，同学这里不好突破，要不从老师那里开始吧，擒"贼"先擒王嘛，这"贼"就是那捉摸不定的"关注"。于是，在教室外遇到秦老师时，林田故意将脚踩得重一点，动静大一点，只不过她还是不由自主地绕着秦老师走，虽然她觉得比以前近了点，但也有两米开外。秦老师和同事说说笑笑就走过了，自然没发现她。

很快，当秦老师在课堂上提一些较为简单的问题时，眼看教室里"哗啦啦"举起多只手，林田也鼓足勇气举起手。要知道之前初中一年，她都没主动举过手。可是，她将手弯曲着抬到自己胸前，远远看去，像是在整理衣服。几次下来，秦老师自然又没注意到她，毕竟班里不少同学手都举得笔直，嘴里还喊着："我来！我来！"

眼见这些"小动作"秦老师都看不见，林田不得不感叹："唉，看来引起同学和老师的注意没那么容易，到底要怎么办呢？"

直到周五早上，林田五点半就醒了，肚子咕咕叫，她突然灵机一动，想到一招。这"灵感"还真是来自罗晨——有天晚自习，罗晨带了几大盒臭豆腐到班上，整个教室都弥散着臭味，同学们无一不被臭味包围着，都捏着鼻子做作业。秦老师也就不得不"关照"他。

林田家附近的老街有家很火的"鬼包子"，已经开了很多年，最近突然变成了网红店。开学以来常常听同学们提起，据说"好吃到爆"。但因为离学校有段距离，又只卖六点半到七点半这一小时，很多同学基本只闻其名，未知其味。

　　林田想，不如自己买鬼包子去学校，分给班里的同学……然后，最重要的是，还可以"挥发"味道，一定能让秦老师注意到，那么……林田不敢继续往下细想，紧张得仿佛一切都已经完成了一样，心呼呼呼地跳。

　　她洗漱出门，以体育考试要求的长跑速度冲到鬼包子店铺前。鬼包子铺不难找，离开铺还有20分钟，已经有不少人在排队了。老板瘦高，不苟言笑，一直低着头揉面。老板娘招呼着客人，队伍渐渐变长。

　　轮到她的时候，她后面也排着不少双眼发困、打着哈欠的上班族。待她说出"要50个"时，后面的人立马站正，清醒了。其他人窃窃私语，"啊？""什么，50个？"林田的脸"腾"地一下就红了。

　　倒是一直低头的老板发话了："这么多，要给多少人吃？"

　　"全班同学。"林田答，然后鬼使神差地还强迫自己补充一下，"主要……主要是您家包子太好吃了，同学们盼着，都想吃。"包子拳头大小，她想着班里同学一人一个应该差不多，有的人不吃，多出来的给其他人。

　　老板这才收了手上的活儿，帮她五个一袋地装起来，挂在她双手上，酷酷地挥挥手："给你打个折吧。"林田提着热腾腾的包子就往学校走，整个人都包裹在包子的气味中，像是一棵行走的"包子树"。等包子树踏进教室门时，早自习的铃声响起来，还没来得及拿出书的同学，视线不由自主地就被林田牵引过去，满眼疑惑。针刺一样的目光让包子树朝自己的位置疾步小跑，大脑一片空白，完全不知道下一步要干啥。

当包子树上的包子都摘下来放在桌子上时，离得近的同学先是好奇，然后歪着脑袋看袋子上的字，一下就认出："这是鬼包子！"

还没等林田回答，罗晨就跳得老高，说："啊？我一直想吃，听说都排长队，卖的时间还短，总是错过。"

"那……要不要吃一个？"林田点点头，还小声地说，"还有……你能帮我发给其他想吃的同学吗？每个人都有。"

是啊，林田没想到要是每个同学都吃，可挨着分发这件事又实在让她有点儿难以挪步。

"好呀，好呀！"罗晨毫不犹豫地接过袋子，"谁要吃一个？"听闻是鬼包子，同学们大都来者不拒。

曲瑶瑶被这一幕惊得张大了嘴，林田取出一个酱肉包，塞在她嘴里，可还是没塞住。

"林田同学，你这唱的是哪出啊？"曲瑶瑶小声问，"怎么买这么多？"

林田悄声跟她说了自己的计划：50个包子，那课堂上的味道一定会让上第一节课的秦老师"崩溃"的。林田想想就有点儿兴奋，但又有些紧张。

"你这叫过犹不及。"曲瑶瑶皱皱眉说。

"管他呢！"林田这句话说得稍微有些大声，惹得其他同学都侧目而视。她的脸霎时就红了，但心里很快就"开解"自己："别怕，要做月亮的人才不要说话低声下气呢，才不会在意别人的眼光呢，加油！"

鬼包子的确好吃，软硬适中的面还能吃出麦香。关键是馅料足，且尝一口就知道这不是用机器搅成的肉糜，是用手剁制而成的，有肉的颗粒感，肥瘦恰到好处，咸香就在十几味香料的共同作用下被逼出来……林田正一小口一小口地品，比学任何课本都要认真，她甚至觉得自己的舌尖能分辨出到底是用了哪些香料。

汁满香浓的包子，自己吃一口是香，待被几十张嘴陆续咬破后，那味道汇聚在一起堪称"核武器"，让人眩晕不已，甚至有些反胃。同学们默默地把窗户都打开了，可正式上课前，味道还是没有散尽。林田既紧张，又隐隐有些兴奋——这就代表自己没白花钱，就静静等着秦老师的到来。

可没想到的是，进门的却是教物理的苏老师。苏老师中等个子，总是爱穿白T恤配牛仔裤，一副青春洋溢的模样，像是家族里最让家长夸耀的远房大表哥一样。当然了，苏老师本来也是今年刚毕业的名牌大学生，这是他正式当老师后带的第一个班。前几节课上，苏老师给同学们"科普"了一系列物理学习的方法，表示他要不走寻常路，这一周都不上课，只做些实验，让同学们对物理感兴趣。而且表示，以后上课他也只上半节，以便留出更多大家独立思考的时间，而下半节课大家只要有问题，举手问他就好。

这天，苏老师又抱着一堆器材，估计准备继续激发大家对物理的兴趣。他一进门，就又退出去几步，鼻子、眼睛拧作一团："你们都在教室里吃了什么，味道怎么这么大？"

先是寂静一片，然后零星有人回答："包子。"

"鬼包子。"

"都谁吃啦？我还以为进什么神秘实验室啦。"

林田低着头将手举起来，班里的同学基本也都举手了，罗晨还举了双手："老师，我吃了三个。"说着，嘴里还在嚼，逗得大家哄堂大笑。

"为什么你吃三个啊？你给同学们带的啊？那我可得告诉秦老师了……你闻闻这味道。"物理是初二的新课，还没上几节，但罗晨的大名，苏老师也早有耳闻。

"怎么可能是我，助人为乐的……"罗晨脸转向了林田这边，"可是林田同学。"

班里的同学也都转过来望着林田，林田的脸霎时红了，她捏着手，呆若木鸡。虽然她还渴望着由这味道引起老师的注意，但这注意来得实在是太陡峭，让她一时接不住。

"那相比只吃一个的同学，罗晨同学有什么特别的发现吗？"苏老师边说，边把窗户开到最大。

"就……有点……噎！"罗晨拍拍自己的胸腔，又逗得大家笑作一团。

"有点噎？"苏老师点燃酒精灯，晃动手上装满水的塑料瓶，"那行吧，林田同学，好事做到底，你上来将这矿泉水瓶里的水烧开，给罗晨同学顺一顺。"

大家惊呼起来："啊……"

"怎么可能？"

"骗人的吧？"

"那怎么可能，塑料要烧化了吧……"罗晨站起来探着脑袋。

就这一瞬间，大家的注意力已经不在包子上了，迫不及待地想看苏老师又"耍"什么花样。可林田脑袋是蒙的，没想到这后续效应来得这么迅猛，不能循序渐进吗？

没办法，自己挖的第一个坑，自己还得第一个站起来跳。她迈开步子，走到三米开外的讲台边上，脚仿若被人拽着，一步也挪不动："我……"

"我什么，快去快去！我也想喝矿泉水瓶盛的开水。"罗晨在一旁兴奋地怂恿着，恨不得自己代她上去。

林田只好埋着头走到讲台上，接过苏老师的矿泉水瓶，然后颤颤巍巍地把矿泉水瓶放在酒精灯上烤。起初，林田还在想今天这一系列的窘态。可没一会儿，她的注意力就都放在那被火炙烤的矿泉水瓶上，而她的脸也没一开始那么烫了……最后，矿泉水瓶不但没有像大家想象的那样被烧化，而且里面的水真的冒泡，沸腾了起来。

"哇！"大家的眼睛瞪得很大，不住地发出惊叹声。当然，大家的注意力也早就不在林田身上，这让她安心了许多。苏老师笑笑，示意林田可以回座位了。

"大家想知道原因吗？"苏老师说。

"想！"林田走回去时，没有了上台时的紧张，也不由自主地被苏老师吸引住了。

"这一周，我都不打算讲'正经课'，就是要让大家知道我们这门'万物的道理'之课是多么有趣……"苏老师再次强调。

"苏老师，别卖关子了，快告诉我们。"又是罗晨催了一句。

"哈哈，想知道吗？自己回去查资料，我下节课再讲……接下来，我们还要做一个实验。"苏老师又掏出实验器材。

再没有人去想包子的问题了，包括林田自己，而教室里的包子味也不知何时已经消散完了。

等到下课铃声响起，大家还没从苏老师有趣的实验中走出来。倒是曲瑶瑶转过身，对着林田窃笑，说："这场包子恶作剧就这样云淡风轻地过了……遗憾不，林田同学？"

林田瞪她一眼，心里很是"遗憾"："对了，你说我吧，不仅不会引

致青春 · 成长书系

人注意，就连引人注意的'运气'也没有。好不容易买了50个包子，秦老师竟然不在，我的压岁钱啊打了水漂。"

曲瑶瑶"扑哧"一声笑起来："你这还真是孙猴子想大闹天宫，可是玉皇大帝携众神仙都下凡了，哈哈哈哈哈。不过，你也引起其他同学的注意了，这也算成功一小步了。"

"可还是不太一样啊。"

正说着，几个平常不怎么和她说话的同学都走到林田这边，问她啥时候再去买鬼包子——原来大家并没因为上课就忘了包子的美味啊。

"林田同学，下次你要去，记得给我带五个，三个不够，这次我可是要付钱的哈。我可不想再喝那什么塑料瓶热开水了……"罗晨也不知何时窜了过来，要知道过去一年他和林田都没说过这么多话。林田忽然觉得曲瑶瑶说的也不是没有道理。

"是是是，我也要！"周围同学附和道。

"我也要，太好吃了！"

林田完全没料到同学们的反应，不好意思地笑着点点头，说："好！好！好！我记一下，下周我再给大家带。"

她完全没想到，一个包子竟然有这么大的"威力"。虽然没引起关键人物秦老师的关注，但同学们的热情是她始料未及的。她又觉得，即便自己以后当个厨师，也是很有价值与意义的工作，也会带给其他人那么多美好的体验，并不像妈妈说的那样不好。

她记录完后面要让她带包子的同学名字，忽然觉得自己完全可以把遇到的美食都记录下来。毕竟比起学习数学、英语，自己好像舌尖更灵敏，吃几口就能分辨出里面的调料，稍微了解点基础做法，完全可以复刻出来。自己就应该记下来，向老板请教下，然后根据自己的理解记录成"美食秘籍"。

"对，还得记录下寻访它们的故事，那样自己岂不是以后还能出一本《林田美食档案》？若自己成名了，自己的'林中曲'餐馆岂不是也红火起来……"林田越想越兴奋，顾不得是在上课，一直低着头，也不抬头看黑板，就在曲瑶瑶送给她当生日礼物的笔记本上写写画画，想要写写第一个关于鬼包子的故事。

林田心里莫名有些开心，可这种开心稍纵即逝：先别想当厨师的事儿，还是好好完成"月亮计划"吧。可没想到，出师未捷身先死。

第二节物理课，林田都在修改自己的第一篇美食档案，完全没顾大家对物理实验的热情。可没想到下课时苏老师走过来，林田没来得及合上自己的笔记本。

"哟，美食档案？林田同学，这节课一直低着头，就是在写菜谱啊？"苏老师小声说，并没有引起其他同学注意的意思。

"没有，没有，苏老师，我……"林田结结巴巴，一时不知如何回答。

苏老师笑着说："老师刚说了，有兴趣是好事，但可不能上课开小差啊。看来老师只能罚你把这些实验器材拿回办公室啦。"这句话倒是挺大声，曲瑶瑶不安地转过头来看。

林田冲苏老师点点头，赶紧接过实验器材。她本以为苏老师在专注地做实验，没有心思看自己。没想到，苏老师火眼金睛，而且惩罚——如果这也算是惩罚的话——也很特别。毕竟，能帮老师做点这样的"小事情"，是以前作为隐身人的林田想都不敢想的事儿。当然，之前怎么也轮不到她。

现在，这岂不是算"月亮计划"迈出了坚实的第一步了？林田跟苏老

致青春·成长书系

师想的完全不是一回事儿。

等林田跟着苏老师走在走廊上，苏老师问："你很喜欢吃东西？"

"不不，也是，也不是，我还喜欢自己做东西。"

"噢！林田以后想当个厨师。"

林田不知道该怎么回答才好，最后还是微微点了点头。

"那可得学好物理呀！要是有物理知识加持，你的烹饪水平能更上一层楼……"

"真的吗？"林田好奇地问。

"当然了。你想想看，烹饪的哪个环节不用到物理知识？就拿最简单的来说，你要加热一碗冷粥，当你把粥放进锅里后，很快就能听见锅内发出'咕噜噜、咕噜噜'的声音，并不断冒出气泡来。但你一尝，粥可能还是凉的，这是为什么？那是因为将冷粥烧热与烧开水是不一样的。水是热的不良导体，对热的传导速度不算快，但它有很好的流动性。当锅底的水受热时，它就要膨胀，密度减小就上浮，周围的凉水就流过来填补，通过这种对流，锅底的热就能传递到水的各部分而使水变热。而冷粥本来就不易传导热，流动性又差，因此就会出现那样的现象……"

苏老师解释了一大段超纲知识，林田是真没听明白，但还是露出了崇拜的眼神："哇，看来老师也是料理大师啊……"

"哈哈，老师吧……"苏老师接过器材，讪讪地笑了，"哈哈哈哈，老师可能也就会热碗冷粥……但还挺会吃，等着去给你捧场。"

"谢谢老师！我以后一定好好学习，不在你的课堂上开小差。"

"就我的课堂？我可跟你说，将来学的化学课对你估计更有帮助，当然语文还能增加你的审美……"苏老师不紧不慢地说。

"啊，知道了，老师，都要学！"林田说完，放下器材，抑制不住心中的激动，一溜烟儿地跑回教室。心里想着，苏老师真好，"月亮计划"要继续跟进，以后一定要学好物理。而且，最让她感动的是，苏老师完全没有嘲笑她那个不起眼的梦想。

"咋了？这上课开小差被老师抓住，就这么开心？"曲瑶瑶看着林田跑回来。

"哎呀呀，知道啦！以后不会啦，我以后可是要好好学物理的。"林田下定决心似的狠狠点头。

"哟，你这'月亮计划'一周就终结啦？"

"怎么可能，秦老师都还没'验收'我的成果呢！"林田不无遗憾地说，转头想了想又说，"罗晨确实也厉害，怎么做啥事儿都像自带放大镜似的，总是那么有效果。"

"你还想干吗？还要继续向他'学习'？"曲瑶瑶顿了一下，点点林田的额头。

林田还真在脑袋里想了想这个问题，可还没等她回答曲瑶瑶，班长蒋兰兰就跑到讲台上说："大家静一静！下面我叫到名字的同学，立刻、马上跟我一起去一下秦老师的办公室，有很紧急的事要说。"教室里先是安静，随后大家窃窃私语起来。

"张恒，朱洋洋，雨欣，李梦，杨曦，罗珍珍，任锋锋……"

念着念着，林田嘀咕着："这是什么名单呀？"

曲瑶瑶转过来看了下林田，小声说："没我俩啥事儿了，听说是秦老师的公开课提前了。"

"哦。"林田会意了。按惯例，上公开课的老师不仅会提前备课，也会提前准备问题以及回答问题的学生，当然回答问题的都是成绩好的同学。果然，念到名字的同学都跟着蒋兰兰走出了教室。

致青春·成长书系

　　刚还在打趣林田的曲瑶瑶神色有一点点落寞："我以前也是他们中的一员，当时不觉得有什么，但现在自己是不被选择的那一个，还挺难受的。这么说，还挺不好意思的。"

　　"没什么啦！我以前是真没感觉，早就习惯了，现在能理解你一点了。"林田做了一个加油的手势，"所以要反抗啊。"

　　"你那反抗对这些都没用的。"曲瑶瑶摆出一副小大人的表情，"小打小闹，老师还是看成绩的。"

　　"怎么没用啦，我要是在课上捣乱呢？"林田都不相信自己会说出这样的话。

　　"什么，你还要在课上捣乱？厉害了！"曲瑶瑶不可置信。

　　林田扬扬下巴："对呀！"她知道曲瑶瑶明白她说的是玩笑话，借她一百个胆子也不敢在这课上捣乱。林田以前是巴不得老师注意不到她，可喜欢这种公开课了。老师笑容可掬，绝不会喊她回答问题，她就可以安安心心地玩自己的，走神、看小说都行。不过，现在林田一直处于"战斗"状态，其实她能意识到这种做法是不公平的，同时也能体会到这种被刻意忽略的感觉确实不好受。而曲瑶瑶这类曾经被纵容、优待的学生，如今难免有种"由奢入俭难"的失落感。

　　"算了，老师也是为了课堂质量更好。"曲瑶瑶反过来安慰林田。

　　"哪有，那些问题的答案老师都给他们了，其实完全不存在谁答得更好。她把答案给我们，我们照着念，也能百分之百正确。"林田说，"当然，我们是得不到这样一个机会的。"

　　看得出来，秦老师对这次公开课很重视。被叫去的几位同学回来后，秦老师也进了教室，不仅详细告诉同学们要讲《藤野先生》，还让大家多多预习，也把公开课上用到的小道具、幻灯片等提前让大家熟悉。而且，还让提前领到问题的好学生们到时候分散地坐在教室的各个地方演练一遍。坐在林田后面的闫勇到时候便要和朱洋洋换位子，闫勇倒是无所谓，但看朱洋洋的表情似乎有点不愿意，他有点近视，还没戴眼镜，估计是怕在后面看不太清楚。

朱洋洋属于学霸类，基本上是班里的前三。但他看起来和大家有点儿格格不入，他的肤色比班里的女生都白，甚至能看见青色的血管，长得又瘦弱，哪怕是在夏天，他也裹着一件黑色的外套。他平时都不怎么和大家来往，除了上课回答问题，鲜少看到他主动和谁说话，只是一直趴在桌子上写写算算。林田想了想，自己可能初一一整年都没跟朱洋洋说过一句话。看来躲在自己世界的人同样也是忽略了其他人啊。林田觉得，朱洋洋该和曲瑶瑶多交流交流，这一前一后都在趴着学习。林田也只能翻书看看。

安排好了朱洋洋，秦老师还特意跟罗晨及其他几个调皮分子强调："到时候千万不能捣乱，安静听课。"他们拖着长长的尾音说："知道啦——"秦老师这才放心地点点头，离开教室。他们几个人噘噘嘴，互相对对眼神，不知在打什么主意。

第二天公开课前，陆续进来不少面生的老师和领导，将教室后方的空位挤得满满当当，教室里立马就严肃起来。在这样的氛围下，同学们都压着声音说话，就连罗晨这样的人物也早早回到自己的既定位置上坐好。穿着米黄色套裙的秦老师笑盈盈地站在讲台上，头发梳得一丝不苟。

铃声一响，大家立马坐正，秦老师抬起头，环顾四周："上课。"

"起立！"蒋兰兰的声音今天格外清亮。

可随后站立的声音并不那么和谐，从罗晨周围传来凳子滋啦作响的异常动静，甚至还有一个凳子"哐"的一声倒了下来。秦老师也不好发作，只能皱着眉，含着笑，耐心地说："后面的同学要小心哟！"

林田用余光往后看，罗晨几个人正埋着头憋笑。

还好，这种小插曲无伤大雅，秦老师很快便调整好状态，转身在黑板上写了"藤野先生"四个字："今天我们要讲的是鲁迅先生的《藤野先生》，从题目上看，大家能得到哪些信息……"

秦老师一步步往下讲，生动有趣，思路清晰。而每逢她提出问题，没"任务"的同学们很配合，"争先恐后"地举手——反正也不会叫到自己。尤其是罗晨，本来就爱举手表现自己，有两次甚至是将手直直地举起。不过，秦老师是不会叫他的。有"任务"的同学被点名后，自信地站起来，回答得精彩绝伦——毕竟是照着答案念。在同学们的配合下，课堂气氛被装点得异常热烈。

林田也跟着举了两次手，但她注意到曲瑶瑶一次也没举手。林田看着回答问题的同学上下翻动嘴唇，想象着若是这些话从自己嘴里说出来，会不会也有这样的效果呢？会不会也是这样口若悬河呢？

离下课还有十分钟，秦老师先是总结一番，然后提问："本文是写藤野先生，但还用了大量篇幅写和藤野先生无关的见闻和感受，大家认为写这些内容有什么作用？"

同学们依然接二连三地举起手来。当然，秦老师早已有了钦定的回答者。看着秦老师往他们这个方向试探的殷切眼神，林田明白了，领到这个问题任务的是暂时坐在她后面的朱洋洋。林田微微转过头看，发现朱洋洋正在发愣。

秦老师又说了一遍："那我们有请一位同学来回答这个问题。"

教室里，大部分同学都举起了手，但朱洋洋始终微微低下头，像是盯着桌子上的书陷入沉思，也像是发呆。

秦老师估计也没料想到这一幕，脸上闪过一丝紧张，一直也没叫出朱洋洋的名字。然而，同学们很有默契地朝这边看，连带后面听课的领导眼神也跟了过来。如果眼神是箭，林田觉得他们这面墙已经成了筛子。可待她再次往后瞧，朱洋洋还是一副万事都与他无关的样子。

教室里的空气像是迅速结冰的湖面，冰冷而坚硬。

此刻，林田突然灵光乍现，深吸一口气，给自己鼓劲，立马举起手来问："老师，您是叫我吗？"

这几个字说得颤颤巍巍，却如在结冰的湖面吹起一阵风，冰化了，水也荡漾开去。

大家都愣了一下，毕竟林田怎么也不可能是老师的钦定者。秦老师眼神里有惊诧，但随即就顺势做出邀请的姿势："我……嗯，好，请林田来回答这个问题。"

林田站起来，身体还在微微发抖，她用拇指掐着手心命令自己冷静下来。本着之前预习的皮毛，本来想着这节课就听听而已，但是并没答得多好，也只是磕磕巴巴地讲："我……我觉得……他是因为想要衬托藤野先生……"

"衬托他什么呢？"秦老师点点头，继续问。

"衬托藤野先生的……公正……"林田结结巴巴地说，"因为是散文，老师讲过形散意不散，这篇……是回忆性散文，是鲁迅先生回忆他留学的经历，这是他的经历，藤野先生是这段经历中最特别的存在……就像以后班里哪位同学成了作家，写一篇秦先生的回忆性散文，肯定……肯定也会写到一些别的事儿……比如像食堂的鸡腿，像小卖部的辣条，还有学校外面的烧烤……"

现场一阵窃笑，有人小声笑着嘀咕："全是吃的……"连后面听课的老师也乐了。

林田还想更进一步："当然也不会全写吃的，还会写到大家在学校的小团体，最好的朋友……"

眼看林田越扯越远，秦老师的表情开始有些复杂，但很快还是露出微笑，制止道："好，虽然林田同学讲的都是吃的，但是她的思路很不错，的确是这两个方向，接下来我们来详细分析一下……"完善了一下林田的回答，秦老师就宣布下课了。

林田想要故作镇静，但发现脸烫得不行，也没仔细听清楚老师讲的正确答案，只是脑袋嗡嗡作响，回忆着站起来时那瞬间腿软的感觉。之前还在想象自己回答问题的潇洒姿态，没想到是这样的。她也一时解释不清楚到底自己举手回答是什么心情，是觉得中等生也能回答，还是想缓解尴尬的场面，还是真的因为之前和曲瑶瑶聊起的，自己现在充满战斗力，想"砸场子"……当然，确实不知道老师给朱洋洋准备的标准答案是怎样的。也不知道自己突然来这一出，会不会真的影响到秦老师的公开课成绩，毕竟作为年轻老师这些课都很重要吧。

林田脑袋里各种思想都绕作一团。果然，秦老师和听课的领导、老师们寒暄完，"噔噔噔噔噔噔"——高跟鞋声由远及近往她这边走来。她的心扑通扑通地跳，埋着头，不敢往后看。完了，这次是不是玩大了，再想引起老师的注意，想要反抗，其实也不该挑这种时候。她抠着大拇指，等待着暴风骤雨的降临。

"噔噔噔。"

高跟鞋声在离林田半米远的地方就消失了。

好吧，原来秦老师的目标并不是她，而是朱洋洋："朱洋洋，你这是怎么了？"

"老师……我，有点不太舒服。"朱洋洋边说边收拾他的东西。林田略微转过头，看见他脸色发白，额头上还有些汗。

"嗯嗯，好，跟老师去医务室看看。"说完，秦老师就用手摸了下朱洋洋的额头，等他收拾完，两人并排走出教室。

望着他们的背影，林田的心情却很复杂，既松了一口气，但又有更多的失落感在心中弥散开来，酸涩又灰暗——秦老师还是没有注意到自己。

"长本事了，会砸场子了。"曲瑶瑶转过身来调侃道。

"我就是想……唉，算了，你说秦老师不会也这么想吧？我回答得结结巴巴的……"

"是你及时缓解了尴尬的局面，而且听了秦老师的讲解，你回答的方向是对的，要我答，我都答不出更好的。"曲瑶瑶安慰道，然后又加了一句，"我们没成为老师的指定人选，不代表我们什么都不会嘛。没完全回答正确，但也不是说完全不可取嘛。我本来也想回答老师提的一个问题，但想着老师也不会叫我，就不想举手了……"

曲瑶瑶的话也安慰了林田。"也是，不过就算是这样，秦老师走下来'问候'的也是朱洋洋，而不是我这个'捣乱者'，功力不够呀。"

曲瑶瑶点点林田的额头，说："那是秦老师觉得你回答得不错嘛，课堂上不都表扬你了，还要怎样？哈哈哈哈哈，我说你可别揪着咱秦老师不放了，你还是想想周末怎么面对你爸吧，他不该是你的主要战斗目标吗？"曲瑶瑶笑得厉害。

"说起我爸，他今天下午就回来了，晚上还喊我一起去吃饭。"林田昨晚上接到的消息，还在犹豫，"他说了，让我一定要去，好像有个一中的老师也会来，可我真不太想去……"

"为什么不去呢？解铃还须系铃人呢！你不是要当'月亮'吗？还没

战斗就投降了？”

　　“不是啦，是因为……斐然也去。”林田起初是丧着气说，但说到"斐然"这两个字时，忽然顿了顿。如果换作是斐然，碰到今天上课回答问题，肯定不会像自己回答得那么磕磕绊绊，一定不会紧张得声音发抖。当然，这个假设也不成立，要是斐然肯定一早就是老师钦定的回答者。

　　“那怎么了？”曲瑶瑶真诚地、充满羡慕地说，"多好啊，能和女神一起吃饭！”

　　“算了，没什么。”林田没有接着把话说完，甚至不好意思说出口。自己现在一听这名字，心中就有一股酸楚而尖锐的感觉。

四、只有变成斐然，才能打败斐然

其实，如果生日那天妈妈没说那句话，林田对斐然也只是单纯的羡慕，觉得她是和自己在不同世界的小仙女，她发她的光，自己隐自己的身，倒也不用太在意。可自从生日那天妈妈的那句话钻进她的脑袋后，一提到"斐然"这个名字，林田就浑身不自在，心里恨恨的，酸涩难受，这大概就是"嫉妒"的感觉吧？

林田知道嫉妒别人不好，自己也难受，但现在斐然身上闪现的每一束光，都刺痛着她现在异常敏感的心，她似乎控制不住自己的这种情绪。斐然为什么这么漂亮，成绩还好，还会才艺，为什么，为什么……林田心底不断地在问，但也不知道这个问题谁能回答。只是多问一遍，林田对斐然的嫉妒就添了一分。就是因为她，爸爸才会看自己不顺眼吧。要不是她这个"干女儿"，自己还能拥有"完整"的爸爸；要不是她，自己也不会有个如此糟糕的13岁生日，自己或许还沉浸在梦幻中……

如果长大了，很多问题是不是就会迎刃而解了？

想着这些，林田磨磨蹭蹭到了"宋记酒楼"，找到包间。房间里的欢声笑语没被房门关住，林田推门而入，声音也戛然而止，房间里已经坐满了人，眼睛齐刷刷地望向她。张阿姨最先说："田田来了啊！"

梅阿姨也很热情地说："田田快来，和斐然姐姐一起坐这边，都是一个学校的，平时怕也不怎么见得着……"

林田点点头，放下书包，却没往斐然那边去，寻了爸爸一侧的空位坐下来。

"怎么现在才到啊，也不知道喊人。"来得太晚，爸爸有些生气，皱着眉，满脸通红，明显已经有些醉意了，有了醉意的爸爸反而比平日严肃很多。

"阿姨们好！叔叔们好！"林田简单地喊了下，然后转到斐然的方向，短促地喊了声"姐姐好"。斐然冲她笑笑，她扎着高高的马尾，脸上粉扑扑的，背挺得直直的，林田心里又泛起了酸涩感，眼神赶紧游到菜上，不去看和自己形成强烈对比的瓷娃娃。

"声音大点嘛，这娃儿就是这样，赶斐然是差远了。"爸爸这句随口而说的客气话像利箭一般射中林田恼恨的靶心。斐然，斐然，什么都是斐然，林田攥着手里的碗筷包装，狠狠地撕开。爸爸真的变了，或者早就已经变了，只是自己以前都像躲在沙子里的鸵鸟一样，不愿意看清事实，现在是认清楚了。

"行了啊，小孩子嘛！"梅阿姨赶紧打圆场，"对了，斐然，去找服务员拿蛋糕，我们先给田田过生日。"

"好呀！"斐然笑笑，站起身，出了包房，倒也有种迫不及待逃离现场的感觉。

"看看，要是我们田田有斐然一半能干就好了。"爸爸坐在一旁又举起杯对梅阿姨说。

林田心想，斐然只是去拿个蛋糕而已，就能得出"能干"的结论吗？爸爸怎么看不到这几年都是自己生活，照顾自己，岂不是更"能干"？还是说，只要成绩绝佳、才艺也绝佳的人稍微做点事儿，都值得夸赞？而普通孩子做这些事，要么觉得理所当然，要么就会被忽略？

"莫这么说，田田也很好的。"梅阿姨赶紧捧着杯子凑上去说。其他叔叔阿姨也附和："每个孩子都有自己的个性嘛！"

原本就没消散的怒气在林田心中愈演愈烈，她捏着餐巾纸，撕成一条一条的，心里嘀咕："还说来给我补过生日，估计只是补上鸿门宴而已。"

"林田现在成绩在年级能排到多少？"其中有个叔叔问林田。

"一般。"林田答。

"什么叫一般，好好说，上学期排在多少名。"爸爸说，"王老师可是一中的老师，好不容易今天有空，给你指点指点，好好给王老师说清楚。"

"班上27名。"林田答得简单。

"班上？哎呀，我起先以为是年级排名呢。"王老师迟疑了几秒，略有点儿尴尬，旋即笑着说，"听你爸爸说，才刚初二嘛，完全可以加把劲的。你看你斐然姐姐，初二就保送了哟，要向她看齐。"说完，转向林田爸爸："那还是要提前做打算，考不上好高中，就上不了好大学啊！你和嫂子忙，还是多照看下娃儿哟！"

"她哪儿能跟斐然比。最近这几年，我和她妈妈都忙得不着家，确实没看紧，都是她自己胡乱学，往后一定来请教王兄。"爸爸倒了一杯酒，然后又递了个眼色让林田拿起饮料，一起敬王老师。敬完刚坐下，就见斐然提着蛋糕盒进来，上面还浮着一层冰霜。还是林田喜欢的冰激凌蛋糕，但她此时一点儿食欲都没有。

揭开蛋糕盒，插上了13岁的生日号码牌，点燃。所有人都站起来，斐

致青春·成长书系

然起个头唱生日歌。

"祝你生日快乐，祝林田生日快乐……"

林田低下头看着生日蛋糕，今天既不是自己生日，自己也不快乐。她只想快点儿离开，可还得一项项的流程跟着来。

"许个愿吧！""许个愿，考一中！""考北大、清华"……

大家起哄，林田掬着手，看见对面的斐然，有那么一瞬间，她居然想许愿："斐然不要这么优秀……那样，我的爸爸还是我的爸爸……"但最终，她把这些都否定了，还是许愿"月亮计划"达成就好。

切完蛋糕，大人们的注意力总算从林田身上移开，又谈回工作上的事儿了。林田稍微松了一口气，兴致淡淡地夹起桌上的菜吃。那道招牌甜酸脆皮鱼，其实就是传统的糖醋鲤鱼，鲤鱼炸至跃龙门的造型，浇上番茄酱、浓缩橙汁制成的糖醋酱，酸甜酥脆，那可曾是林田的最爱之一，一人能吃一大半。今天夹一块放进嘴里，只有酸，没有甜。跃龙门，跃龙门，估计在座的所有人眼里，只有斐然才是跃龙门的那条鱼，自己只是彻头彻尾的咸鱼。想着这些，林田毫无吃饭的心思，只是用筷子随意地拨弄着碗里的米饭。

因为是大包间，餐桌旁还配备点歌设备，吃得差不多的叔叔阿姨自顾自地点起歌来唱，气氛很是热闹。或许是看着林田一个人坐着无聊，梅阿姨又提议："斐然，要不带妹妹唱首歌？"

斐然皱了下眉，低声说："不要了吧。"梅阿姨又跟她耳语一番。斐然就站起来去点歌器上翻了翻，然后走过来找林田："田田，我们一起唱一首吧，你喜欢哪个歌手？"

林田本能地摇摇头拒绝："我不会。"

"你看都不看，就说不会。"爸爸已经有了些醉意，估计是先前聊学习成绩刺激他了，语气里也带着火药味。

"好好好，那斐然先唱一个，带带妹妹。"其他阿姨说。

斐然撇撇嘴，也是不太情愿的样子，但梅阿姨一直给她递眼色，她也只能走到点歌机旁，随便点了一首歌，低声唱了起来。

"你不会可以跟姐姐学啊。什么都不会，成绩也不好，也没兴趣爱好，将来怎么办呀？"爸爸放下酒杯，声音尽量再控制小一点，但语气却很重。

林田愤愤地想：爸爸当着这么多人的面，一定要让我难堪地钻进地缝才行吗？你们平日也没多关心我，一定要在这么多人面前显摆你作为家长的权威吗……这些问号如闪电般啪啪啪地在林田的脑海里炸开。以往倒也不是没有这种时刻，林田都抠着指甲盖忍受几句，立马放空脑袋不去想。但是这一次不知是斐然的歌声刺激，还是前几天"月亮计划"的实施，让她添了些"勇气"。

"是的，是的，她什么都好，我什么都不好，让她做你的女儿，行了吧……"在手机上没发出去的短信，居然在这样的场合不合时宜地蹦了出来。四周瞬间安静下来。斐然也放下话筒，怔怔地站着，只剩下伴奏声在空气中荡漾。林田脑袋发蒙，不敢相信这是自己说出来的话，眼前忽然就涌起雾气，她也看不清任何人的表情。她猜爸爸应该是错愕又尴尬吧，也可能是愤怒又陌生，他从没见过自己这样子。

她抹了两下眼睛，站起身，几步就越过斐然，从沙发上提起自己的书包就往外跑。

这时，耳后传来几句瓮声瓮气的话在身后追赶着她。

"你这孩子脾气怎么这么大了？"

"青春期，青春期，娃儿都这么怪……"

"现在的娃儿都是这样，脾气很大……"

…………

到了楼下，这些话才被凉风吹碎了，也吹淡了，零零落落地湮没在秋夜里。周末的晚上，老街上人流如织，到处都是欢声笑语，林田在他们中间挤挤撞撞地移动，就觉得自己孤苦伶仃："老天，求求你让时间过得快一点儿，让我早一点长大吧。"

经此一役，林田估计自己身上除了"子笨"这个标签，又会荣获"脾气怪"的"美名"了。林田心中有种既畅快又很忧伤的感觉，畅快的是因为这一周琢磨怎么引起注意，今天她竟然敢当着那么多人的面，将心中的愤懑全都吼出来；忧伤的是爸爸的确变了，可能自己连那已经"不完整"的爸爸都不能拥有了，或者早就不配拥有，"只有像斐然那样优秀的人，才配拥有父母百分之百的爱"。

林田不想往家走，但脚还是不自觉地往家的方向移动，不回家又能去哪儿呢？又想到背街小巷，昏黄的路灯将摇动的树影变得可怕，拎着酒瓶的醉汉躺在路边骂骂咧咧，林田不再像以往那样害怕了，或许这也是长大的一种征兆，觉得这些都不是最恐怖的了。

走着，走着，肚子发出蛙叫声，咕咕呱呱，她就又循着气味坐到"光头烧烤"摊子前。

光头大叔的摊位后，五六张低矮的塑料桌上还没有人，时间还早，吃夜宵的人还没出来。他在烧烤摊前整理着炭火，他老婆在一旁拾掇着，还不忘盯着邻近一张桌子上正趴着写作业的小男孩，那是他们的孩子君君。作为老顾客，林田可是早知道这一点。

"妹儿，来得有点儿晚，还是苔皮和鸡翅？"光头大叔招呼着。

林田闷闷地点点头。

"咋了，这是不太高兴啊！"光头大叔手上一边干着活，一边说，"没啥子不高兴的哈，叔叔请你喝一瓶豆奶，苕皮多给你放你爱吃的泡萝卜。"

"谢谢叔叔！"林田挤出一点儿笑容，坐到邻近君君的桌子边。君君妈妈时不时地看看君君的作业。

光头大叔家的泡萝卜很好吃，因为简单，反而让林田觉得里面有更隐秘的奥妙。林田以前都没好好问问，现在倒是觉得没什么可怕的了，就问："大叔，能不能告诉我，为什么你家的泡萝卜做得这么好吃？"

"哎呀，这可都是商业机密呢！不能说，不能说。"光头大叔笑道。

"说嘛，我又不跟你抢生意，我是想把这些好吃的东西都记下来。"林田被他逗笑了。

"我……我这……就给你讲讲皮毛吧。"

"什么商业机密啊，纯乱扯，阿姨给你讲。"没想到君君妈妈冒出一句话。还在写作业的君君抬头说："我也想知道。"立马被他妈妈拍了一下头："你想知道个鬼啊！赶紧写作业，都多晚了，还没做完。"君君又噘着嘴继续写。

这一幕惹得林田鼻子一酸。看起来，光头大叔的家境并不算好，听说是从县城来这边的，但一家人这么艰难依然选择在一起，不像自己家分崩离析的。

"好嘞，谢谢阿姨！"说完，林田就坐在君君妈妈一旁的矮凳上，拿出笔记本，跟着君君妈妈的话，一笔一笔地记下，做作业都没这么仔细。跟林田说话的间隙，夫妻俩也有说有笑地聊天。林田想着自己爸妈好久都没像这种互动了。吃完烧烤，记录完光头大叔的泡萝卜秘籍，林田不得不起身回家了。

致青春 · 成长书系

　　抬头望望，月亮也被云层挡住了。林田想，也不知道爸爸回家没，如果到家估计是一场从未有过的血雨腥风在等着自己吧。可到了家，爸爸并没回来，但刚放下书包就接到妈妈的电话，"你到家了吗？"

　　"嗯，刚回来。"

　　"张阿姨说你在聚会上跟你爸吵了一架，怎么回事儿啊？"

　　"没吵架，就是把你说的话又说了一遍。"

　　"你这娃儿，不晓得说你什么好。妈跟你说的话你就这么讲出来，怎么一点儿人情世故都不讲。"妈妈在那边加重了语气，"我这边这阵忙得很，忙完了就回来……"

　　"知道了。"林田迅速挂断电话。

　　为了避免和爸爸打照面，林田迅速洗漱，早早地躺在床上，睁着眼睛想，自己最近可真是"长本事"了，不多时日就和爸妈都吵了一架，还都是当着外人，以前自己可真是声音都不敢说大了。

　　"或许……青春期真是这么可怕，还是长大就要从这'可怕'的时刻开始？'月亮计划'往这个方向继续下去，会成功吗？"林田想着想着，还没想到答案，就沉沉地睡去了。

　　次日一早，雨密而细，沙子般急促而均匀地撒在窗顶的雨棚上，林田迷迷糊糊地听见有人在叫她。

　　"田田，田田，起来了吗？"

　　是杨婆婆的声音。

　　林田看了一下钟表，快九点了。她匆匆穿起拖鞋，揉揉眼睛，趴到窗前："婆婆，我现在起啦！"

　　"嗯，不好意思，等你过来，婆婆有个好消息要告诉你，还要麻烦你一件事。"窗外是灰蒙蒙的阴雨，杨婆婆言语间脆生生的喜悦却让周遭都像浸润在暖融融的春阳里。

"好呀，我马上洗漱，完了就下来找您！"林田迫不及待地想知道到底是什么好消息，还探出头又加一句，"最迟一刻钟，等我哟！"

林田披着衣服就冲到洗手间，胡乱往脸上抹了几下就准备出门。路过爸爸的房间，门是敞开的，但没见人，桌上摆着已经凉了的早餐。林田拿起一根油条，急匆匆地下了楼。杨婆婆已经候在门边了，看着林田，赶紧招招手："田田，快来，快来！"

"什么好事儿啊，杨婆婆？"

"我儿子要回来啦！"杨婆婆的音调都变了，前阵子不太灵活的腿看起来也轻便了。

"真是太好了！国庆节吗？"林田打心眼儿里为杨婆婆高兴。

"不不不，12月底。"

"恭喜杨婆婆，只有几个月了！"

"日子有盼头了，就快了啊！"杨婆婆说着就把林田拉进书房，书房一改往日的整洁，地上七七八八地摆了一堆书。

"是的，是的。对了，您说找我，有什么事啊？"看着这一堆书，林田也有些疑惑。

"对对对，重要的事儿呢！"林婆婆拿起地上一本很旧的英语书说，"我想麻烦你教我学英语。"

"啊，学英语？"

"是啊，学英语！"杨婆婆从桌子上拿起一张照片，照片上，一个三四岁的小女孩站在博物馆前，"这是我孙女，可爱吧，英文名叫……叫……露西娜，电话里老给我拽英文。我也想学英语，好跟孩子交流交流。"

"进哥哥他们肯定也教她中文了啊。"

"教肯定是教了，只不过小家伙平日里都说英语，我这当奶奶的也不能露怯啊。就想着要来问问你这个'大学生'，我简直不知道从何开始，就会个Hello（你好）、OK（好的）……哈哈哈哈哈，其他什么也不会了。"杨婆婆的笑声里满是欣喜。

"原来是这样啊，但我成绩也不太好……"林田一听是教人学英语，瞬间就露了怯，自己那三脚猫水平的英语，哪里够得上教别人。

杨婆婆立马看出了林田的小心思，赶紧说："不要不自信，教我这样的老太婆，你可是绰绰有余了。我是不知道从哪儿开始学，把你进哥哥以前的课本找出来，零零碎碎的，而且太久远，我找不到那些最基础的了。"

"啊，杨婆婆您不要这么说。我回去找找，应该还能找到小学的课本，您先看着，有不清楚的您就问我。我不清楚的，我要是不清楚……我就去问我老师。"林田说到最后声音也小了，毕竟她主动去问老师的次数太少了，不，基本没有。

"这样好，太感谢了！"说完杨婆婆还拿出一杯酸奶给林田，"看你拿着油条，还没吃早饭吧。来来来，陪婆婆一起吃！"

杨婆婆日子过得很精致，酸奶里不仅加了坚果，还浇了一勺桂花酱，味道、口感都不错，以至于林田都忍不住说："进哥哥真幸福，从小就能吃婆婆您做的各式各样的好吃的食物。"

听到这话，杨婆婆突然停下来，脸上也浮现愁绪："啥幸福哟，要真是幸福，他才不会跑那么远。"

"那是进哥哥优秀，才去那么远！"

"是啊，是他自己优秀……"杨婆婆说着说着，声音里不再是自豪，反而有一种复杂的怅惘感。

林田不敢多问，在自己家生活多年，闭嘴的本领倒是学会一点儿。她和进哥哥不熟，她家刚搬来这边，进哥哥都快大学毕业了，鲜少见到，后来他出国了，更是没见过。最近称得上跟进哥哥接触的时刻，还是杨婆婆摔跤摔得有些严重，楼上庄大婶不知如何定夺，坐在床头给他打电话。开着免提，林田也在一旁，那边很久才接通，语气听着是关心，但显得很客套。

　　这到底是为什么，林田不知道，也一直没问，她想杨婆婆有一天会自己说的。秘密就像树上的果子一样，时机成熟，便会自然而然地滚落到嘴边来。今天或许就是成熟的时刻吧。

　　杨婆婆却自顾自地说起来："要是……当年我们处理得更好一点儿，或许他会走得更顺一些，人也会更开朗一些。"

　　"进哥哥现在还不顺啊？"林田虽然没见过进哥哥几面，但是早就知道他是小院里人人称赞的学霸。

　　"外人看起来是顺，其中的苦头只有他自己知道。我告诉你一个秘密啊……"杨婆婆从凳子上起身，像个老小孩一样凑近林田的耳朵说，"其实，他不是我亲生的孩子，是我和老伴抱养的。之前，我们有过一个孩子，叫南南，但八岁时溺水了，我好几年都走不出去。后来，就去市福利院领养了他。他当时才两岁，院子里一堆小孩在打打闹闹，就他一个人趴在小桌子上，握着笔写字，那认真劲儿特别像南南小时候，我和老伴儿眼神一对，就指定这孩子了……"

　　"可领回家，我很想和他亲近，但又很难亲近。一亲近，我就想起南南，我自己脾气也越来越大。知道他聪明，就加倍严厉地对他，一道题做错了就要骂他，甚至偶尔还会推搡他两下，感觉只有这样才算推开他，但他始终很爱黏着我们。渐渐地，我的心都快被他融化了，没想到，他

致青春 · 成长书系

十一二岁的时候，家里亲戚聚会一不小心把这事儿说漏嘴了……"杨婆婆深吸一口气说，"唉，那以后，他和我们再也亲不起来了。但凡我们对他有点儿要求，他都会说是不是因为他不是亲生的……"

杨婆婆书房的墙壁上还有他们一家三口的合照。进哥哥站在中间，杨婆婆和她老伴儿站在两边。那时杨婆婆估计只有五十出头，还穿着当时很流行的白色衬衣，很有一副领导的派头。

"那以后，我突然醒悟了似的，不骂他，也不敢要求他的成绩，更不敢要求其他的。就那么别别扭扭地过了好几年，谁也没想着去改变，刚上高中，他就说想去找他的亲生父母……我和他爸可真的伤神了。当时从正规渠道抱养的，只是那个福利院早就拆了，和其他机构合并了。跟他说了，但是他不信。那段时间，他天天到处打听，我也不知道他有没有真的找到，他也不告诉我。后来，大学有机会出国，他打定主意后，通知了我们一声就走了……那以后，就很难再回来了。"

林田点点头，不知说什么好。倒是杨婆婆打破气氛："唉，不说了，不说了，还是学英语嘛！回来一家人聚聚，总归是开心的啊。"

"是的，是的，杨婆婆，我这就回去找。"

回到家，林田发现爸爸正在倒腾冰箱："去哪儿啦？一回来就没看见你。"

"去杨婆婆家了。"爸爸没提昨晚的事儿，她也就硬生生地回答。

"有什么事儿吗？"

"没什么。她说她儿子要回来，她想学英语。"

"啊，这老太太年轻时厉害，现在还这么厉害。就是这孩子一去这么久不回来，不知道到底是有些什么事儿。"

林田知道是为什么，但是她不会告诉爸爸，这是她自己的秘密，而且她已经不想和爸爸多聊。突然，她一抬头，看见阳光落在爸爸的脸上，那坚挺的鼻子和眉骨。林田心里突然一激，想起杨婆婆的故事，似乎反应过来：自己的个性和父母风马牛不相及，而长相也不像其他小孩一样和爹妈像是一个模子刻出来的，莫非自己也是抱养的？

　　这个念头一出，林田发现好像有些事就能说通了："难道这就是爸妈之间的秘密，也是他们口中不能告诉我，告诉我也不懂的事儿？"再说，人家杨婆婆抱养进哥哥，起码还那么严厉地监督进哥哥，希望他能有更强的能力。而自己爸妈对自己想起来就问一句，这几年基本不闻不问，是彻底放弃了？

　　林田越想，身体越是发冷，眼神看着爸爸的背影发愣。

　　"这是怎么了？对了，想不想去哪儿玩？"爸爸回过头来，居然完全没提昨晚的事儿。

　　林田马上收住自己的思绪，她不能说，她现在还没准备好。

　　"不去了，我还有很多作业。"林田推门进屋。

　　"你莫听你妈妈瞎说那些有的没的……"

　　"我自己能看到。"

　　"看到什么？"爸爸反问。

　　这种问题真的不知道怎么回答，大人永远都没有错。既然都这样了，也不必忍着难过装大度了，说了句"没什么"，林田就关上了门。

　　"你这孩子，脾气怎么越来越怪了……"爸爸被挡在门外，深深地叹了口气。比起妈妈，没喝醉的爸爸依然温和，林田还能想起小时候和爸爸下棋的那些时光。那时候他还没那么忙，偶尔在家，父女俩能杀一个下午。有一次，她摔断了右手，写不了字，作业都是父女俩配合完成的，作

致青春·成长书系

文都是她念一句，爸爸替她写一句，这是她能想到的少有的温馨时刻，却也一直让她对自己家里的状态抱有信念，现在全没了。

她走到镜子跟前，仔仔细细地看自己的脸，左转，右转，又扬扬下巴。说不像吧，偶尔一个角度也有点像，脸形有点像爸爸；说像吧，自己的鼻子有点塌，爸爸的鼻子又高又挺，妈妈的鼻子也比自己好看。

如果自己真是爸妈抱养的，那他们肯定期待要个优秀的小孩，没想到自己并不能如他们所愿，所以很失望，就干脆放弃了，是吗？如果我像斐然一样，是不是即便是抱养的孩子，爸妈也会心疼我，不会这样忽略我了吧，也不会各自都去忙工作，不照看我了。

"原来是这样，难怪会这么对我。"林田陷入自己的逻辑里，越想越觉得自己或许就是抱养的，越想越觉得自己委屈、可怜，就趴被窝里啜泣起来。她起身去找自己存的"小金库"，不过几百元，离之前听说的亲子鉴定几千元的费用还差得远呢。她抹着眼泪想，接下来要努力存钱，到时候先去做一个亲子鉴定。

这么一想，林田给自己加足了戏，越想越伤心，回忆起两场生日宴上自己的遭遇与待遇，对斐然就更加嫉妒。

"我一定要打败你，于斐然。"林田想。之前那些都是小伎俩，不顶用，大人们可不会喜欢罗晨那样的孩子，即便我真变成像罗晨一样，他们天天注意到我，但心里估计也不会是真正的在意，只是盯梢，别惹是生非。他们喜欢的、注意到的只会是斐然那样优秀的孩子。

几乎是一瞬间，林田嘴里念叨着："变成斐然，只有变成斐然，才能打败斐然。"林田再想起自己拟订的"月亮计划"，现在就更具体了——就是要变成像斐然一样的"月亮"。

五、蝴蝶结扇动的新开始

"咕……咕咕……"

英语课上，老师正在黑板上写着今天讲的知识点，教室里犹如一片安静的湖泊。突然，教室里发出几声清亮的咕咕声，像是雨后湖泊里惊现了几只青蛙。

英语老师转过身说："Where are the frogs?（青蛙在哪里？）"

同学们左看右看，还是循声往林田她们这边看看。曲瑶瑶忍不住转过头来，林田头埋得更深了。忽然，教室里一阵哄笑，"青蛙"找到了。

这几只"青蛙"就藏在林田的肚子里，她想忍住，拍拍肚子，"青蛙"安静一小会儿，可又发出一声长长的"咕咕——咕——"

待到课间，林田才说："我早上就吃了一个苹果，喝了一杯牛奶，实在是太饿了。"

"一下这么猛？"曲瑶瑶递过来一包饼干。

"不要了，不要了。网上说，饿就是在消耗脂肪。"

"真下定决心了？"

"那还有假，不仅能瘦，还能存钱呢。"林田说得头头是道。

"厉害啊，但别饿到学不进去，可就得不偿失了。学习才是第一位。"

林田捏着肚子，给自己打气："我才不会饿，我要减肥。新闻上都说现在青少年肥胖增长趋势明显，我希望自己努力，为这个数据的减少做出贡献。"

"真是一个自觉、成熟、懂事的'数据'。"曲瑶瑶调侃道。

其实，在这时的林田看来，要想成为斐然，第一件事就是变漂亮，而变漂亮的第一件事就是变瘦。

一周时间，林田肚子里饿出了无数只"青蛙"，一站上体重秤，真掉了1.5千克。待她开心地告诉曲瑶瑶时，曲瑶瑶揶揄道："像你这么个饿法，瘦这么点儿，效果可太差了。"

林田不以为然："哼，我可不管。慢慢来，按这个速度，用不了几个月，我就能瘦成闪电。"林田自顾自地想，等到那时，自己不再是胖丫头，也可以穿漂亮裙子啦，至少从外形上向靠近斐然迈出一步了。

可这天做操时，她远远看见作为初三年级领操员的斐然，身着运动校服站在前排，明朗清爽，整个人依然发着光。一时间，林田又觉得自己瘦下来的速度实在太慢，只少吃可不行，还得运动起来，去晨跑、跳绳、打羽毛球……什么都可以，就是快快瘦下去。

自从林田上次带了鬼包子，不少同学都托她带。尤其是罗晨，像是中了蛊，一周不吃个两三次都不行。看同学们这么喜欢，林田想着干脆自己根据鬼包子的味道复原一下，早起蒸了就给他们带去。虽然一开始捏得丑了点，但多试了几次，还真就有模有样了。她自己都不得不感叹自己"天赋异禀"。看大家都抢着吃，林田心里甜如蜜，也不觉得累，毕竟有人分享的感觉可太好了。另外，这不仅能满足她想做美食的愿望，同学们还不免费拿，非要按鬼包子的价格"付款"。林田起初不肯收，好说歹说，同学们还是让她收了一半的费用。林田想，也行吧，正好自己需要存一大笔钱，等存够以后，再好好犒劳这些"顾客"。

"林同学，不要客气。"罗晨还总是多给，老跟林田说，"这是我们对你梦想的支持，你可得喂饱我们嗷嗷待哺的胃。"

不过，要是早上去运动，估计就来不及做了，只好先停一下，往后瘦身下来，再多做点其他的新品给同学们尝尝。

这天林田换上运动鞋，跑步去店铺里买了鬼包子，作为最后一次给大家的礼物。然后又跑步到学校，校园里人还不多。等她放下包子到操场上时，没想到碰见罗晨和几位队友在训练，而且是马上就要结束的样子。林田满以为这个点罗晨肯定是在睡大觉——毕竟，他经常迟到。

林田决心从每天跑3000米开始，先做了会儿热身运动，蹲下身准备系鞋带，一个黑影笼罩在眼前。

"啊，怎么是你？今天没带早餐啊。"熟悉的声音传来，不用看就知道是罗晨。

"带啦，放你桌上了。今天是买的，可得付钱啊。"林田头也没抬地回答道。

"那肯定啦！但我还是觉得你自己做的更好吃，真的……"

"真会说话，我最近可没时间做啦，今天最后一次带。我要开始过来晨跑啦。"林田抬头，看着浑身湿透、冒着热气的罗晨，"我还以为你在睡觉呢！"

"瞧不起谁呢！我可是要当渝城C罗的人，训练一个多小时了。"罗晨边说，边转了两圈，浑身热气腾腾。林田在鼻子下扇了扇，往后退了两步。

"咋了嘛，这是勤奋的汗水，迈向足球王国的汗水。你可别嫌弃，等我哪天成为球星的时候，你想闻还闻不到了呢！"

"你说人怎么可以像你这样自恋？"林田说完，就自顾自地跑起来。

"嘿……这怎么是自恋了呢……这是我的梦想好吧。"罗晨倒退着在林田旁边跑，见她不说话，又说，"你这是要……减肥？就为了减肥，包子都不给做了？"

"对啊……不行啊？"林田加快速度离开这个话痨。带过好几次包子后，罗晨成了班里除曲瑶瑶之外，和她说话最多的人。

"减肥我可是专业的，我带你。我小学的时候可是个胖子，不信你问曲瑶瑶。"罗晨跟在林田旁边，边跑边说，"就当还你带包子的人情……"

"你才胖子呢……我这就是……想瘦一点儿。"林田不想多说，戴上耳机自顾自地往前跑，秋风也被她剖开来。

没想到罗晨一直在旁边，嘴巴就没停。林田只好又摘下耳机，"减肥不就是多跑步、多运动，流汗就行了吗？"

"话是这么说，我们可是长身体的时候，还得要有专业的指导啊。我带你减肥，让你快点瘦下来，到时候我的早餐就有着落了，食堂的早饭太难吃了……"罗晨作为住宿生，要是没有老师的同意，没有"非常"手段是不能出校门的，但食堂的饭菜他早就吃腻了，总想让人带外面的。

"你这是为了吃不择手段。"还没跑几十米，林田已经开始喘气了，胸口也开始疼，想着答应下来，赶紧甩开这个话痨，自己认真跑步。

"你看看，不行了吧，还是需要我专业指导的。"罗晨在一旁说，林田在一旁勾着腰喘气，算是默认。

罗晨干咳两声，正色道："那你先给我说说，你为什么要减肥？"

"为了——身体健康呗。"林田当然不会告诉他原因。

"更具体一点儿呢？就像我，我当时减肥的目标就是要变成C罗……"罗晨继续追问。

"说了……说了你也不懂。"林田深吸一口气，又往前跑起来。

"你说了，我不就懂了，我还可以给你制订详细的训练计划。"罗晨跟在一旁，见林田不理他，只好又说，"注意呼吸，注意呼吸，不要一直张着嘴，注意两步一呼……"

林田按照罗晨说的方法跑，确实要轻松不少。好吧，不得不说，这位同学还是有两把刷子的。就这样，林田还是变着花样给罗晨带早餐——当然，只能是买的了。

还别说，按罗晨介绍的方法跑了一周多，林田觉得跑步也没那么难了，以前，一想到要跑800米，整个人仿佛要瘫在地上化成一摊泥，现在没那么大心理障碍了。另外，比起只是少吃饿肚子，配合运动后，三餐正常吃，不会饿得难受，体重虽然不如想象中掉得快，但是整个人清爽了许多。爬学校那几百步台阶，也喘得不像以前那么厉害。

待坚持运动一个月后，她站在洗手间镜子前，微微自然卷的中长发许久没修剪，毛毛糙糙地在圆脸周围炸开，活像一只刚从火堆里滚出来的狮子。她试着将头发挽起来扎成马尾，像斐然那样往高了扎。这样一来，脸显得更大，但人精神多了。

林田又扩扩双肩，正正脊背，镜子里的人依然普通，但明朗了不少。林田忽然灵机一动，跑回卧室，将舅妈之前送的红色蝴蝶结拿出来，放在头上比了比。这是舅妈前年出国时给林田带的礼物，与其他普通的布质蝴蝶结不一样，这枚蝴蝶结是硬质的，表面是一层短短的红色绒毛，非常别致，林田很喜欢，也很珍惜，至今包装都还在，只不过林田从没戴着蝴蝶

致青春·成长书系

结出过门。她觉得戴在自己头上，太过扎眼，而且班里最好看的夏雨欣喜欢戴各种式样的蝴蝶结发卡，那自己就更不适合戴了。这些年的隐形法则，她已经烂熟于心。

只是，这次她心一横，鬼使神差地将它别在了马尾根部。那红色的蝴蝶结就像是两扇小翅膀，在头顶忽闪忽闪，仿佛会扇出一个新的世界。在那个世界里，自己离变成斐然应该又前进了一步。

临出门，她从窗子俯下身喊杨婆婆。杨婆婆伸出头，往上看看，立马就看到她的变化，用川味英语夸奖她："You are beautiful!（你可真漂亮啊！）"

"Thank you!（谢谢你！）"林田笑着说，"杨婆婆的英语越来越好了。"

"那是啊。"杨婆婆喜悦的语气隔着老远都能感受到。

到了教室，曲瑶瑶看到林田，眼睛一亮："这个蝴蝶结……"

"漂亮吧？第一次戴。"林田有点儿害羞又有点儿开心地摸了一下蝴蝶结。

"确实漂亮，但就是有点眼熟……"

"啊？"

"夏雨欣好像有个一模一样的。"曲瑶瑶小声说。

"这是前年我舅妈出国玩时送我的礼物，我一直没戴过。"林田解释道，还挤眉弄眼地说，"这不是要改变了嘛！"

曲瑶瑶皱皱眉，凑近了来，悄声说："我劝你还是先摘下来，免得待会儿说不清。"

"怎么了？"林田不解。

曲瑶瑶左右看看，说："我今天在食堂听说夏雨欣的蝴蝶结丢了，她都快哭了。任锋锋她们就怀疑说可能有人拿了，不晓得是不是这个……"

"这，这……可……这就是我的啊。再说，就一个蝴蝶结，至于吗？"

"多一事不如少一事，你瞧瞧她……"

林田顺着曲瑶瑶指的方向看，平日爱笑的夏雨欣坐在座位上神情有些伤感，她的好朋友围了一圈。

"那我现在摘了，岂不是更说不清了。"

"也不是那个意思，我是说，你也知道她们……"

"嗯嗯，我知道，但我又没做错什么。"林田虽然嘴硬，但心里却像被揍了一拳似的。放在以前，她肯定会立马摘下来，可经过这段时间的"练习"，她不愿破坏自己好不容易树立起来的"信心"，所以她不想摘。但又因为这么多年的习惯，她还是忍不住用手拨弄着头发，试图掩盖可能会惹人注意的蝴蝶结。"要是既能戴着蝴蝶结，又不会被任锋锋她们注意就好了……"林田期望这"两全其美"的结果。

可没想到在接下来的数学课上，她的幻想就彻底破灭了。

临下课时，不知是林田头埋得太深，还是头顶的红色蝴蝶结的确太显眼了，数学老师竟然抽了林田和其他三位同学上讲台共同答一道题。林田的数学成绩一向拖后腿，这道题也没底能做出来。只能凭借着"本能"一样的演算，在黑板上写下她认为对的计算过程。等答完后，她已经无暇顾及是不是答错了，走下台时忍不住看了夏雨欣一眼，也忍不住看了她旁边的任锋锋一眼，任锋锋的脸上写满了困惑和一丝欲燃的愤怒。

果不其然，课后大家准备下楼做操，林田就看见任锋锋朝自己走过来，脸上带着极易察觉的愠色。

"林田同学，"任锋锋走过来，语气倒算是友好，"想问问，你的蝴蝶结是在哪儿买的啊？"

任锋锋绸缎般的短发黑得发亮，穿着打扮很洋气，一看就是从小被宠到大的孩子。她个性开朗，平日嘻嘻哈哈，但确实又"人如其名"，牙尖嘴利。有的话在她嘴里重新组合一下，就会变成锋利的爪子，挠得人生疼。像林田这样的小透明和她接触很少，但看到班上被任锋锋嘴上"教育"过的人，倒也觉得接触少是件好事儿。的确，像曲瑶瑶说的，虽然大家在一个班级，但班级里自然也会分成很多空间，供不同的人生活在这里。

所以，当任锋锋突然从另一个空间闯进来，听到她的问话，林田的声音都有些颤抖了，她知道自己在怕什么，声音开始哆嗦："前年舅妈送的。"她想起曲瑶瑶的"忠告"，很后悔自己没照做。

"以前没看你戴过。"任锋锋追问。

林田点点头："今天第一次戴。"

"雨欣掉了个蝴蝶结，跟你的这个一模一样。"任锋锋微微昂起头，目光凌厉，还提高声音，强调了"一模一样"四个字。

"我不知道……我刚说了，这是我舅妈给我买的。"林田一下就明白任锋锋的意思，满脸通红。

"你这是什么意思？"曲瑶瑶也转过身来。

"就问问。"任锋锋耸耸肩，如绸缎的短发这时也闪耀着刺眼的光芒。

刚好路过的罗晨也没看明白，就说："什么都没说清楚，为什么就要说是人家拿的？"

"我可没这么说，哪个我都要问，是她自己心虚。"任锋锋不依不饶。

"你怎么就没问我？"罗晨调侃道。

"懒得理你。"任锋锋回答着罗晨，但眼睛还是盯着林田，周围的同学也都停下手头的事儿，盯着他们。

"我说了啊，这是我舅妈给我买的……"林田再强调了一遍，急得快哭了，"不就是个蝴蝶结吗？"

"那就不要戴了啊！"任锋锋又莫名来了一句。

这时夏雨欣走过来，拉着任锋锋边走边说："别说了，去操场做操了。"

"不问了，不问了，算了，东——施——效——颦。"这四个字虽然轻，却清晰地灌入林田的耳朵。林田的脸发烫，却不敢反驳，眼泪不争气地在眼眶里打转，身体也在发颤。

"你……你不要太过分！"曲瑶瑶也找不到什么词来反驳，声音也很低。

"我说什么了吗？我只是念一个成语。待会儿语文课我就要讲这个成语故事。"任锋锋不依不饶，倒是旁边的夏雨欣赶紧拉着她往教室外走。

林田奋力地将蝴蝶结扯下来，捏在手中，眼中含着泪花。

"干吗扯下来？戴都戴了，现在更不要拿下来。"曲瑶瑶在一旁说。

林田没搭话，但是也没听曲瑶瑶的把蝴蝶结重新戴起来，只是把它攥在手心，快要捏变形了。那天接下来的时间，林田可以用度秒如年来形容。她开始后悔自己为什么一定要变成斐然，自己根本不配变成斐然，现在还弄巧成拙，捅了马"锋"窝。她忽然就想念之前那种风平浪静，谁也看不见她的日子。而且，她想如果这件事闹大了，她的境遇会更惨吧，到时候就不是被大家忽略，而是被孤立了。

比起被忽略，被孤立就更难受吧。

林田手心发冷，中午几乎粒米未进。曲瑶瑶轻声安慰她："无论怎

致青春·成长书系

样，我都会站在你这边的。"林田捏捏她的手，心里发暖，但还是浑浑噩噩地等着下午的语文课。然而，她担心的事还是发生了——任锋锋在下午的语文课上"说到做到"了。

为了让大家有更多的写作素材，在每周五的语文课上，秦老师会不定期在下课前的五至十分钟，让一名同学上台讲成语故事，要将一个成语的故事背景讲透。秦老师会按学号来念，也会让同学们自行举手发言，反正谁也甭想偷懒。

果不其然，今天也有这个环节。

"今天哪位同学想上来讲成语故事啊？"秦老师收拾着东西，环顾教室。

话音刚落，任锋锋就举起手来："老师，我来！"

秦老师点点头。任锋锋大步走上讲台，直接拿粉笔在黑板上写字，当看到她写完第一个"东"字，林田就用拇指掐着食指，脸红一阵、白一阵，坐立不安。等到任锋锋把"东施效颦"四个字都写完，林田觉得抽屉里的发卡变成了恶魔，张着大嘴，随时准备咬她。

任锋锋将这个成语的典故娓娓道来："……有一天，西施因为心口疼，走路的时候双手捂住胸口，并且还皱着眉头。但是，由于西施艳丽无双，无论什么姿态都无法遮挡她的美丽，这种捧心皱眉的姿态反而让人觉得她更加楚楚动人。村民都说：'西施姑娘真是太漂亮了！'东施看见后，马上仿效西施的模样，双手捂住胸口，同时皱着眉头。看到东施的这副模样，村里人大吃一惊，以为来了妖怪……"

说到这里，任锋锋也挤眉弄眼，双手捂住胸口，皱着眉头，逗得全班哈哈大笑。

"为什么要讲这个成语？"秦老师按惯例问。

"这个词的字面意思，就是说人要有自知之明，不是自己的东西不要去拿，不适合自己的装扮也不要去做。"最后，任锋锋冲着林田这边提高声音总结了一下。之前围观她俩冲突的同学也纷纷望向林田。秦老师满脸写着问号，也往林田这边瞧了一眼，但也没多问。

林田整个头都已经埋进臂弯里，眼泪顺着手臂流在桌上。那个心中喊着要做"月亮"的声音，在这种状况下也躲了起来。

"今天任锋锋讲得不错。更准确地说，这个成语是比喻不切实际地照搬照抄，效果适得其反。好，今天课就到这里，下课！马上放国庆长假，你们可要……"秦老师一边给大家讲假期的注意事项，一边收拾东西，没说两句便匆匆离开了教室。

林田这时候多希望秦老师能察觉到自己的异样，问一下自己是怎么了。林田一定会将心底这句话说出来——"难道东施连变美的资格都没有？"她自己很想站起来说，但是又不敢。有只无形的手一直拉着她，让她站不起来，还有一只手捂住她的嘴巴，让她一句话都说不出。关键是这种事儿还不好生气，就像挥一拳头打到空气中。

曲瑶瑶这时转过头看她，也只能拍拍她的肩膀，嘀咕着："别想了，别想了，好好过假期。"

林田赶紧抹抹眼泪，看到任锋锋正哼着小调整理课本，还问周围的同学："我讲得好吧？"

"你不要太过分。"曲瑶瑶提高了声音朝那边说，声音不大，但足够让任锋锋听到。

"自己心里有鬼，才会对号入座。"任锋锋又说。

一旁的同学都怔住了，也安静下来，谁也不敢"顶撞"任锋锋。教室里没了以往周五欢欣愉快的气氛，大家窸窸窣窣地收拾东西，想要赶紧逃离现场。

此时，罗晨突然走上讲台，说："各位大哥大姐，行行好，小弟今天联赛第一次实战演习，就在咱学校足球场，晚上7点。现在教练要我们多拉点人去观战，给营造点气氛，希望大家都去啊，有钱没钱都捧个人场。"

同学们听他这话都笑了起来，气氛缓和了许多，但大家还是收拾自己的课本、作业本准备回家，罗晨便穿行到各处，叫人家一定要来。刚走到蒋兰兰身边："班长，你一定要去哈。你怒吼一声，让大家也跟着去。"

"不去，不去，忙着回家呢！"蒋兰兰回答得干脆。

罗晨扯下脸，甚至直接撒娇起来："去嘛，去嘛，不然我去老师那告你不团结友爱同学。"

"去去去！"蒋兰兰不耐烦地说。

"说好了哈，不准反悔哟！"

"我让你去找老师。"

大家哄堂大笑。

罗晨提着装备溜到林田面前："去吧，看我球场上的飒爽英姿……"

林田抹抹眼睛，她想大概是觉得教室里的气氛剑拔弩张，罗晨才邀请大家去看球赛的，也算是变相地给自己解了围，低声说了句："谢谢啊！"

"谢啥啊，你们这些小姑娘，为了这么点事儿就闹。跑两圈，看我踢球，什么烦恼都没啦！"

曲瑶瑶看了一下林田，就说："好嘛，你先去，我们待会儿就去。"

"得嘞！"罗晨一下就跑没影儿了。

"我还想着你要着急回家呢！"林田说。

"是啊，但也要陪你散散心嘛。今天的事儿，我知道你不开心。"曲瑶瑶拉拉林田的手，"她太过分了。你知道吗？这班里我谁都不怕，但就莫名有些怕她，总怕她一针对你，就真能让大家都不敢靠近你。所以也不敢多为你出头，别惹急了她。"

"没事儿，不就是个破蝴蝶结吗？不戴就是了。"林田说着，胡乱地将蝴蝶结塞进书包里。

放假前的校园到处都是欢声笑语，不绝于耳。在这些爽朗的笑声中，曲瑶瑶挽着林田走得格外安静。到了操场，罗晨他们已经开始踢了，班上没几个人去。

幸好是没几个人去，这次罗晨他们的对手是十一中校队，实力颇强。一向嬉皮笑脸的罗晨在场上没了往日的自信，眉头紧锁。作为前锋，他总是被断球。场边的教练好几次都大声喊，"罗晨，干啥呢，怎么回事儿？"这样喊了好几次，在上半场还有十分钟结束时，罗晨就被替换下场。

曲瑶瑶不忘揶揄："呀，渝城C罗怎么回事儿？"

罗晨倒没了场上的阴霾，说："两位同学见笑了，见笑了！"

作为罗晨给自己解围的答谢，林田送给他一瓶水，也替他找补回来："其实也不怪你，是对方后防线的4号踢得太好，有点强。你就差点儿速度，如果你的速度能再提高一点儿，再遇到4号这种对手是没问题的。你控球还是可以的……"

曲瑶瑶惊讶地盯着她："妈呀，我就看到是罗晨踢得差了，你还能分析得头头是道呢！"

"看不出来，平时不作声、不出气的。"罗晨还真有些诧异，毕竟大多数女生过来也就能给他们捧捧场。

"以前跟我爸爸看球赛看得有点多，懂一点点而已。"林田说，"那

致青春 · 成长书系

肯定是没你专业了。"

"是的，教练就说我速度不行，技术也差一点儿。首先还是速度，唉！"罗晨难得地叹了一口气，然后马上就恢复了信心，"我相信我可以的，我可是渝城C罗。大不了早上训练你的时候，我自己再跑几圈，没什么大不了的。"

"你看看人家这自信，林田你学了这么久，学哪儿去了？"曲瑶瑶叹气。

"学我？"罗晨扯着嘴笑，"这我可来了兴趣，在偷学我什么绝世武功？"

"脸皮厚啊，要是学会了，今天就不会挨欺负了吧。"曲瑶瑶抢白道。

"嘿，不准说……"林田想要捂住曲瑶瑶的嘴。

"什么，还在因为今天那什么头发、发卡的事儿伤神啊？我说你们这些小姑娘真的是，这种事儿还憋在心里头。如果蝴蝶结不是你拿的……"

"肯定不是我拿的啊，我还有包装盒。"林田打断他。

"那……"罗晨眼睛一转，"我突然想到一个办法。"

罗晨悄声说了他的计划，说得很详细，但这事儿只有他这种个性才想得出来，才能做得出来。

"罗晨这个办法稍微有点儿极端，林田，你要不要试试？"曲瑶瑶也睁大眼睛鼓励道。

"但是当着这么多人的面，我不敢……"

"没有但是啦！你们这些乖乖宝，只觉得我脸皮厚，不会透过现象看本质，学学我们多勇敢，敢于沟通，也不怯场，不怕被批评……可太多了，说完得到天亮了。"

曲瑶瑶也点点头："虽然这人总往自己脸上贴金，但这次我赞成罗晨的计划。"

这时，队友在喊罗晨，他应一声就跑过去了。

林田一个人踱步在回家的小道上，一步一步地踩在树影中，也一点点回想罗晨的话，竟然有种醍醐灌顶之感。

不是每个人都能像罗晨那样放得开，敢当着那么多人的面讲话、唱歌都脸不红、心不跳，但是哪个人都可以有勇气，在关键时刻最起码能维护自己，在受到不公平对待的时候，有勇气说"不"。这或许是成为不被忽略的人，成为像斐然那样的人必经的过程，也是最重要的过程。

生日那天，自己不应该语无伦次地反驳妈妈说的话，而是有勇气告诉她，她不应该这样说自己。而且也应该有勇气当面问爸爸，如果真不那么优秀，是不是就不配当他的女儿。前面的事儿都错过了最佳时机，那么任锋锋这件事自己不能再胆怯，要站起来，要敢于说"不"。还没变成月亮的星尘，起码要让自己敢于见光，而不是永远躲在阴影里。林田越想越觉得心潮澎湃。

按罗晨说的计划，接下来的时间林田都在准备自己的"成语发言"。对着镜子，包括到时候用怎样的语气，她都要想好。毕竟一开始，她连照着稿子念都磕磕巴巴的。经过一遍又一遍的练习，林田基本能做到脱稿，声音也不再颤抖了。

又到了秦老师上语文课的那一天。林田推开窗户就能听见杨婆婆在读英文，她冲着杨婆婆喊："Good morning！（早上好！）"杨婆婆探出头来："Hello！（你好！）"两人相视一笑。这段时间，林田将课本里简单的句子都整理出来给杨婆婆。

到了教室，林田拿出《成语词典》，放在桌上，另一边放着蝴蝶结的包装盒，头顶上依然扎着那枚蝴蝶结。那一整天，就连课间林田都在背自己写的发言稿，期盼到时候能顺利讲完。左等右等，总算等到秦老师的提问环节："今天有没有哪位同学主动上来讲成语故事？"

没有人举手。

"……那我就要按学号来……"

"秦老师，我来！"林田举起手，声音不大，但在安静的教室里，还是能听得清清楚楚。

"哦，林田？很少看你主动举手，那你来吧！"秦老师走到讲台一侧。

"哦！哦！"罗晨好像是一下想起之前的事儿，带头起哄，拍起了手。班里有人也跟着鼓掌。本来已经调整好心态的林田在这掌声中反而有点儿哆嗦了。她把蝴蝶结的盒子放在讲台上，转身在黑板上写下两个成语——"欲加之罪，何患无辞"和"三人成虎"。

林田先照着打印出来的稿子，磕磕巴巴地念完两个成语的背景故事，然后说："我……我还想从任锋锋同学上次……讲过的'东施效颦'来讲这两个成语。"她深吸一口气，努力让自己平静下来，但声音仍然像波纹一样蔓延开去。

秦老师疑惑地点点头。

"西施是美女，东施是丑女，美与丑很多时候是天生的，难道天生作为丑女的东施连爱美的权利都没有吗？但为何还有这么多人嘲笑她呢？我想这就是我今天要讲的成语'欲加之罪，何患无辞'，也就是所谓欲加害于人，即使无过错，也可以罗织罪名作为理由。"

待林田讲完这个成语的背景、典故，秦老师抬头看了一下表："另外一个词呢，它们有什么关联吗？"

"嗯！"林田起初还有点儿紧张，她感到自己头顶的红色小翅膀越来越显眼，然而，待见到任锋锋以及旁边几名同学的灼灼目光后，她反而轻松了一点儿，给自己打气：一定要讲好这个故事。

"虽然这两个词没有直接关联，但是应用到后面的场景就有关联了。'三人成虎'比喻说的人多了，就能使人们把谣言当作事实，而这些谣言又会变成给别人加的罪名。这就回到了之前的'东施效颦'，东施有权利变美，也有权利做西施做过的动作、行为，希望大家不要随便三人成虎，更不要给别人强加罪名。"

台下的同学都不住地点头。

"嗯！林田同学挺会讲的，老师挺欢迎这样的辨析。"秦老师站上讲台，拍了拍她的肩膀。看林田捏着个黑色盒子，她低声问："林田同学，是不是还有什么想说的？"

"我……有。"林田深吸一口气，她想抬起头，头却很沉，但她连珠炮一样将预演过很多次的话一股脑儿说了出来，"我想让任锋锋给我道歉。这是蝴蝶结的包装盒，还有我舅妈购买时开的小票，你可以看看。你不要故意含糊其词，让大家觉得是我拿了夏雨欣的蝴蝶结。"

"哦！"教室里发出起哄声，大家一下子明白过来。这倒是把秦老师搞迷糊了，她望了望任锋锋："怎么回事儿？"

任锋锋这时也不作声。见问不出来，下课铃又响了，秦老师让两个人到办公室去。林田忐忑不安，她都忘了上一次被叫进办公室是什么时候。

等到了办公室，两个人把经过一说。秦老师很严肃地对任锋锋说："事情还没搞清楚，怎么能这么说同学呢！那以后有人看你的衣服、鞋子和别人的一样，都能这么说吗？"

"我……我……也是……"任锋锋近乎哑语，但是还想争辩些什么。

"说呀，为什么会这样？"秦老师皱着眉严肃地问。

任锋锋带着哭腔，断断续续地说出原因："雨欣的妈妈在今年暑假去世了，之前她常戴的红色蝴蝶结是她妈妈送她的最后一件礼物，不承想那天她因为想念妈妈戴出来，不知是掉了还是什么原因，教室里和到学校的路上都找遍了，还是找不到。我看雨欣很伤心，一时着急就想跑去问问……想到即便不是同一个，也不想让林田再戴，免得雨欣看见更伤心。"

秦老师肯定是知道雨欣家的情况，听任锋锋说完，神情也软了下来。

"你这是好心，但也对林田同学造成了伤害，你该给人家道个歉。"

"对不起！"任锋锋撇着嘴挤出这三个字，短促且毫无诚意，末了还侧着头，低声朝林田支吾了一句，"好了吧！"

秦老师瞪了任锋锋一眼，说："好好好，你先回教室。林田留下来，我们聊聊。"任锋锋点点头，看也不看林田一眼，就大步走出了门。

林田原本已经略微平静下来的心，忽然又燃起了火焰。

"……林田同学，为什么遇到这事儿，不第一时间找老师呢？这样在课堂上说出来……"秦老师端着水杯，转过身去找饮水机。

林田看不出秦老师脸上的表情是什么，听语气是真有些疑惑。她脑子也是一片空白，只是一想起任锋锋刚才趾高气扬的背影，林田没思索就说出了"心里话"："因为……因为怕老师偏心。"林田脸红得发烫，耳朵也"嗡嗡"作响，她不知道这些字是怎么通过她的嘴巴传出来的。

"怎么偏心了？"秦老师笑笑。

林田想着，反正都说了，也不怕再添一把火了。

"就说刚才这件事就很偏心啊，明明是任锋锋做错了，老师并没有严厉地批评她，好像是我为难她了……其他还有很多。"

"还有很多？"秦老师偏偏头，显出一副愿闻其详的模样。

"比如……比如……"轮到林田有点儿结巴了，她脑袋里立马想起不久前公开课的事儿，虽然理智告诉她最好不要讲，但是话又从嘴里冒出来，"比如……前阵子的公开课，老师根本不会想到其他同学，早就安排好答案给成绩优秀的同学。其实其他同学也可以答，虽然答案有瑕疵，不是标准答案，但那也是自己思考的。我那天是捡个漏，像曲瑶瑶也很想回答一个问题，可想着老师不会叫她，就没举手……"

"这件事……"

见秦老师面露难色，林田赶紧补一句："其实，我以前也不会在意这些的，也觉得没什么的……"

"现在为什么在意呢？"

"因为……因为不想总被忽略。"林田深吸一口气，脸颊和耳朵的热辣也慢慢降了下来。

秦老师认真听着，点了点头，若有所思。

林田瞟了秦老师一眼，只见她神色严肃，但林田还是在心里给自己鼓劲，咽了咽口水，继续说："老师不知道，今天我是鼓起多大的勇气才站到讲台上的。任锋锋同学都没有好好给我道歉，老师就让她走了……她确实没动手打我，但是她的话确实伤害到了我，她很维护她的朋友，但她也不能随便用言语伤害其他人。不只对我，对其他同学她也会这样。是不是因为她和她维护的同学成绩好，才艺也突出，老师就最在乎她们，也容忍她们，我们这样的中等生，永远都是被忽略的……如果今天我和她换个位置，她被我冤枉了，老师也会这样处理吗？"

之前教室里那么剑拔弩张的气氛，林田一丝想要哭泣的征兆都没有，未曾想此刻说到关键之处，声音却哽咽起来。她赶紧用手心抵住眼睛，像是要把打转的眼泪摁回去。

秦老师也沉默了几秒，把纸巾递给林田，也拍了拍她，说："林田，老师也要给你说对不起。这确实是老师忽略了的，包括公开课上的事儿，主要是那堂课对老师很重要，所以就想着找同学来提前对下流程，保险一点儿，无意中的确伤害了其他同学，老师下次注意。至于你说的任锋锋同学的问题，老师会查清楚，班会上再说。"

回到教室，看着林田抹着眼睛进来，曲瑶瑶和罗晨都围过来："这是怎么了？老师怎么说？"

"说班会上再说，但我把我想说的都说了。"林田简单说了下，"包括说老师偏心。"

"居然敢说这个？"曲瑶瑶不可置信地说。

"对，还说了你公开课的'委屈'呢！"

"你……可真是'卖友求痛快'啊！"曲瑶瑶两瓣眉毛撇下来，脸上露出比哭还难看的笑。

"不是要举例子说明嘛，我不能只说我自己嘛。"林田倒是觉得自己有理有据，然后伸出两根手指将曲瑶瑶的眉毛摆回正位。

一旁的罗晨拍拍胸脯，作邀功状："出息了啊，林田同学。我就说我这个办法好吧，直接快刀斩乱麻，不要叽叽歪歪的……"

"好好好，感谢军师这次的确没出馊主意。很好用，下次继续……"林田揉揉眼睛，还笑着跟罗晨说。

"感谢就完了呀？"罗晨双手做着吃饭的动作，再挑挑眉，"什么包子啊、饼啊什么的，你要是做菜做饭，可要记得我这只乐于助人、敢于牺牲的小白鼠哈。"

"记得啦！记得啦！"林田回答得敷衍，但都记在了心里。她看罗晨提着球，就催着他赶紧走，别迟到了。

林田倒真是觉得自己"出息"了。以前她每天保持隐身不惹事，即便真遇到事儿，也是能躲就躲，不太愿与人发生正面冲突。在家里，急了还能稍微和爸妈顶两句嘴，在外面简直就是一只小怂鸡。要是以往，任锋锋都道歉了，她肯定会觉得差不多了，不用去深究了。

现在她觉得之前这种想法懦弱又幼稚，毕竟当自己切身遇到这种事儿时，才知道杀伤力有多大，那个躲在角落被忽略的心灵会有多么撕裂和脆弱。

接下来几天，不少同学都被秦老师挨个叫去了办公室，说是了解下班风问题。尤其是任锋锋，被叫去了好几次。其他同学回来后，都小声交流一番，说是秦老师不仅细致地问了班里的很多问题，末了，还都让大家在一张纸上写下自己好朋友的名字。所有人都不知道秦老师葫芦里卖的什么药。

班会那天，林田挺直了背。秦老师先讲了下班级最近的学习情况和纪律情况，随后话锋一转："林田和任锋锋同学的事儿，我后来也向很多同学了解了情况。首先，我要说，老师平日里对班上同学的关注程度肯定有些差异，但希望大家相信老师对你们的关心是一样的。以后公开课等其他班级事务，老师尽可能做到公平公正。在这里先给包括林田在内的感觉被老师忽略的同学说声'对不起'。"

"若有一天你们长大了，也许会理解老师了。每天面对五十多个人，各项事务不间断，你就会知道，要做到对每个人绝对一样的关注是很难的。况且还有的同学见到老师就想躲，乐得清净。老师也是人，看你总躲着我，我知道你也乖乖的，自然就会关注得少一点儿。所以，更希望同学们和老师多沟通、多交流，有想法要敢于表达出来。"

林田的脸涨得通红。

"另外，老师也了解到班里有很多'小团体'。我也是从你们这个年龄过来的，知道你们以这种特殊的方式在交朋友，所以以前也没怎么干涉。"秦老师停顿一下，转身翻开笔记本，在黑板上写下一些名字，圈成一个圈，又写下一些名字，圈一个圈。那里面有任锋锋她们的朋友圈，也有林田和曲瑶瑶的圈，而写到罗晨的时候，林田的名字也赫然在那个圈里。林田很是意外，但心里觉得暖暖的。

眼看着秦老师在黑板上画了一个又一个圈，基本把班里所有同学的名字都写上了，有些同学还有几个重复的圈。当然，还有几个同学名字单独一个圈，比如朱洋洋，比如王贝贝。王贝贝也属于班上沉默的大多数，她坐在最后一排，总是勾着头看抽屉里的书，总是沉浸在自己的世界里。"比起自己，很多时候朱洋洋、王贝贝他们或许更孤独吧。"林田微微转身朝那边看了看，以前林田不太关注班里其他事儿，也不关心班里的其他人，现在想着自己身边还有曲瑶瑶，后来还有罗晨，感觉还是幸运的。要不是他们，或许自己很难在"蝴蝶结事件"中真正迈出一步。

想着想着，林田心里泛起一阵甜蜜的涟漪。

"这是我们班部分'朋友圈'的情况，我可能没了解到全部。大家都有维护自己朋友圈的心，这是自然的，你们当中很多人可能还会做一辈子的朋友。我现在最好的几个朋友就是初中同学。但不要因此就竖起高墙，甚至借此缘由和力量去孤立同学、用语言攻击同学。"秦老师停顿了一下，林田看见任锋锋也低下头了。

"因为……"秦老师接着说，然后转身用红色粉笔画了一个大圈，把所有人都圈在一个大圈里，然后又在圆圈里补上了剩下同学的名字，"我们自始至终是在我们班这个大集体里。我刚说了，可能有的同学会成为你们一生的朋友，有的同学以后可能不再联系。但是，老师希望大家很多年后，再回想起这个大集体的时候，不会难过、心痛和感到晦暗，不会觉得那美好的初中三年，自己是被忽略，甚至是被孤立的那一个，不要留下人生中难以弥补的创伤……"

秦老师讲得动情，很多同学都微微低下头。林田也是，一直在为自己所面临的不公"战斗"，而秦老师看到了这件事背后更深层的原因。她看看朱洋洋和王贝贝，想着自己也不能拘泥于小天地，如果有合适的机会，希望也能和他们成为朋友。

"咳咳……所以，从今天开始，老师希望班里的小'朋友圈'能够弃高墙、多交流。另外，每周回去，大家写写周记，当作文练习，然后文末可以写写想对老师说的话，老师一定会仔细看的，遇到的事儿、困惑以及对老师的不满都可以写下来。"说完，秦老师从讲台上抽出一大沓笔记本，"老师给大家买了周记本，希望你们有委屈、有困惑时，能找到交流的方式。写信的时候，也是梳理自己情绪的时候。"

"啊——又多一份作业。"大家低声埋怨，但从大多数同学的神情还是能看出是愿意的，大家跃跃欲试。

"最后，老师要表扬林田同学，一个曾经见老师就躲的学生，现在能有勇气向老师表达真实的想法。她反映的问题也给老师带来反思，给我们带来这样一个契机谈这个问题，也希望更多的同学能够和老师进行有效的沟通。"

说完，秦老师先鼓掌，随后同学们也鼓起掌来。林田极不自然地笑着，不敢看大家，好不容易等掌声停下，她才回过神来。这时，秦老师走

致青春 · 成长书系

到林田的桌子边，递给她一个特别的周记本，还轻轻地拍了拍她的头。林田诧异地望着秦老师，满心都是温暖与感动。

"最后请任锋锋同学上来……"秦老师看向任锋锋，任锋锋已经站起来了，拿着一张纸走到讲台上。

她捏着纸，站定一会儿才照着纸念出来，大概意思是说以前太照顾自己的朋友，给其他同学造成了困扰："在这里，要给这些同学说声对不起。还有就是林田，我确实在不清楚的情况下，说话只顾一时痛快，给你造成了伤害，我很抱歉。"说完冲林田那边鞠了一躬，接着低下头去。下课铃声一响，她背上书包就跑出了教室。

这一次林田感受到了被尊重。她瞧瞧抽屉中的蝴蝶结，没想到这么个小东西居然能牵出这么多事儿，但也感谢这个蝴蝶结，真的扇动出一个新的开始，扇动出一个不一样的、更勇敢的林田。

突然，她将这个蝴蝶结收好放进包装盒里，然后附了一张纸条在里面："……雨欣同学，我也是因为这个蝴蝶结才知道你妈妈的事儿。我不知道该怎么安慰你，但我想，这个蝴蝶结于我是礼物，于你可能有更深的意义。虽然这不是你原来的那个，但作为念想还是可以的，希望你收下……"

放学前，林田把纸条偷偷塞进了夏雨欣的抽屉里。

头顶上没有蝴蝶结的扇动，林田却觉得整个人像是轻轻飞舞起来一般。和曲瑶瑶一起放学回家，看见迎面走来的斐然，她竟然没有躲开，而是主动问了一声好。斐然惊了一下，也笑着和她们打招呼，并停下来，有点儿欲言又止："田田，这么久没见你，还一直想当面对你说来着……那天吃饭的事儿实在对不起，你千万别放在心上，我能理解你的委屈。我妈就喜欢这样，我也不太喜欢……"

林田不明就里，赶紧说："那天我也是……不好意思。"

"大人们也奇奇怪怪的，我们有时也不得不屈服于他们，等我们再长大点就好了……"有同学叫斐然，叫得很急，斐然连连说着抱歉，边朝同学跑去，"哎，来啦。田田，有机会下次细聊啊！"

等斐然走远，曲瑶瑶还是仰着头，露出一副看偶像的表情，说："唉，真是不一样啊！看看人家的谈吐、气质，就往这里一站，我都觉得这一片天朗气清，风都是甜的……"

"要不要这么夸张啊？"林田露出嫌弃的表情。但望着斐然跑去的背影，她也忍不住感叹："是啊，确实还是有差距……"

更让她想不到的是，斐然只比自己大一岁，处事却那么成熟。虽然不知道她说的以后细聊到底是什么事儿，但经过蝴蝶结事件后，林田对斐然的嫉妒好像消散了一些，那种欲燃欲爆的情绪存在过，像是心里蹦出的火山，不得不去正视它，而现在，这座火山仿佛已经喷发过了，只冒着"羡慕"的白烟。

当然，这依然是一种特别强烈的想要成为斐然的羡慕，是对斐然身上那些美好、闪耀的羡慕，"月亮计划"依然是想成为像斐然那样的"月亮"。

"可大家都是人，都是同样的材质，两个眼睛一个鼻子。我为什么不可以像她一样？以前不作数，我以前只是不努力罢了，只要努力，能不行吗？"林田冷不丁地来这一句。声音很小，连一旁的曲瑶瑶都没听见。

六、不都说努力就有收获吗？

深秋的渝城，湿冷，夜雨多了起来，空气中隐现着一股发霉的味道。回到家，林田将书桌收拾了一番，把各种小玩意、娱乐杂志都收起来，摆上课本和辅导书——努力，首先得有个努力的样子嘛。

她又翻翻那本黄皮笔记本，笔记本的封皮都磨损了，边角微微卷曲。第一页用美术体写着"林中曲的美食秘籍"，翻开后，一页一页写得工工整整，与此相关的人和故事都一一浮现出来。她还补充了妈妈的回锅肉、楼下蔡阿姨的小面、曲瑶瑶家的钵钵鸡、杨婆婆的卤味，等等。

"我学习要能有这么认真努力，不怕学不好吧？不怕不能成为斐然吧？"林田捋着笔记本的卷边，发了会儿呆，"以前只是没好好努力嘛！王老师不是说了吗？才初二，完全来得及的……"

林田收好自己的"美食秘籍"，激昂的心又微微沉了一下："月亮计划"在学校取得了一点点"胜利"，被老师看见，被同学看见，还交了新朋友，但在家里还是"举步维艰"。其实，引起老师注意的小伎俩放在家里容易实现得多，比如假装生病、钥匙丢了、家里电器坏了等，她若因此给爸妈打个电话，他们应该也会想办法处理，或者干脆多回家看看吧。不过，林田没这么做，也不敢这么做，不仅是因为这类事件很容易被识破，还因为一想到爸妈要从繁忙的工作中抽身出来处理自己的这摊事，她就浑身不自在。她不敢在爸妈面前摆任何小心思，哪怕只是渴望关注、渴望爱，但她心底总有个声音在说："我不配，我不配。"甚至她还害怕，要是自己真不是爸妈的亲生孩子，自己更没资格做这些举动了。

"除非……除非有一天，自己变得像斐然一样优秀，真真正正的优秀，到时候是不是就可以跟他们提一些要求了，甚至可以问一句自己是不是抱养的。而要变成斐然，大人们最最看重的肯定还是成绩。"

林田首先想到的是，可以让爸爸找找一中的王老师。他教数学，自己最薄弱的科目就是数学，哪怕不方便给她开小灶，或许也能指出自己的问题，介绍一些更好的学习方法。只是，林田一直没找到时机，爸爸还是早出晚归，行踪更是神神秘秘，有时周末妈妈回来后，他更是人影儿都不见。最重要的是，她发现爸爸最近的精神头远不如前。

"不会是生病了吧。"想起之前爸爸坐在茶几面前望着一堆药盒，林田脑袋里"嗡"的一声，划过电视剧里的各种情景，莫非爸爸生病了？她赶紧出来翻看，茶几上没找到，就想进爸妈的房间看看，没想到门竟然锁了，这在以前可是没有过的事儿。林田不解，想不明白为什么，回到书桌前，暗暗发誓自己这次一定要努力考好期中考试，到时候给他们一个"惊吓"，还要将自己的委屈、困惑一股脑儿地说出来。

离期中考试还有三周，林田盘算了一下自己这学期的学习情况。

杨婆婆学英语的热情高涨，两三个月的时间就已经学习了不少语法，自己的基础知识就是半壶水响叮当，常常无法回答杨婆婆的问题，只好硬着头皮去问英语老师，这倒加深了她对不少知识点的印象。而因为苏老师的一点儿关注，林田也"说到做到"，物理成为她唯一没有落下的一门课程。班主任秦老师教语文课，她倒也不敢特别嚣张，都还能应付过去。现

致青春 · 成长书系

在需要强攻的，就只剩数学了。

"如果数学能够突破一下，提一提成绩应该没问题。"

这么一想，林田立马信心倍增，甚至有些飘飘然，觉得蝴蝶结事件进行得那么顺利，自己这一次奋发图强，岂不是成绩也会迅速提上来？林田又想起自己可能是抱养的事儿，更是高声对自己说"加油，加油"！只有成为斐然那样闪闪发光的人，才什么都不惧怕。

林田在自己的本子上写满了"努力！""努力！""争气！""争气！"……随后，给自己设了一个早上五点半的闹钟，要合理利用每一分钟。可待她迷迷糊糊地醒来后，才发现闹钟不知何时被她关掉了。

杨婆婆念英语的声音早已响起。林田急急忙忙洗漱完毕，去给杨婆婆送下一阶段的书和笔记。待杨婆婆给她开门的那一刻，她简直震惊了。杨婆婆把家里每一样能看见的东西上都贴了纸条，纸条上写着各种英文。鞋柜、桌子、椅子、冰箱、电视就罢了，甚至电饭煲盖子、锅铲柄、药盒、晾衣竿上都统统贴满了，连天花板也被杨婆婆贴上了一张A4纸，写上了大大的"ceiling（房顶）"。

林田环顾四周，发现自己好多单词都不太认识，不禁感叹道："杨婆婆，您这……也太让我汗颜了。"

前段时日，杨婆婆买回一本英文字典，学英文简直上了瘾，连二胡都不拉了，天天宅在家听英文、查英文，没想到现在把自己的房间都打造成了"英文世界"。林田想，自己从小学三年级开始学英语，要是能有杨婆婆这股狂热劲儿，英语能学不好吗？

"我看到处都说学英语要有环境。我去不了有外国人的地儿，就自己挨个儿贴满英文呗。主要是我这记性太差了，记了又忘，我干脆就贴在器物上，想起一个词，贴上一个。天天在房间里转悠，见得多了，就像老熟人，总有一天会记得……"杨婆婆笑着抱起乒乓，"之前还给乒乓后背贴上了'cat（猫）'，它到处跳，一会儿就掉了。不过我现在知道了，It is a orange cat（一只橘黄色的猫）。"

"是an不是a。"林田提醒道。

"喔喔，对的，It is an orange cat（一只橘黄色的猫）。"说着，杨婆婆又从抽屉里掏出一个笔记本递给林田，自豪地撩撩一丝不苟的头发。

林田看到那笔记本里密密麻麻地写着英文单词，还有些杨婆婆自己拟的句子，一边是中文，一边是英文。大都是想象中与小孙女见面时必备的句子，虽然有些语法不对，但大部分单词都对，说出来，她的小孙女应该也能够听明白。

比如"你喜欢什么玩具""你喜欢吃什么菜""你们幼儿园上课都学什么啊""你的好朋友是谁啊"……林田翻到杨婆婆写完又划掉的"奶奶很想你们"时，就默默地掩上笔记本。

"杨婆婆，您可太厉害了！我一定要向您学习。"

"哈哈哈哈，厉害啥啊。"杨婆婆做谦虚状，眼睛却笑成了桥，又拿贴着"broom"的扫把，捅捅房顶快掉下来的写有"ceiling（天花板）"的A4纸。

跟杨婆婆道别后，林田更加笃定：努力加油，一定要成功！人家杨婆婆都六十多岁了，还能下定决心干成一件事，为什么我不能呢？要是我现在加油，再过两年中考，那岂不是也能一鸣惊人，让爸妈、老师、同学，嗯，还有斐然，刮目相看？

"努力三周，争取在期中考试中成为一匹黑马。"林田暗暗给自己鼓劲。

想着，想着，林田心情亢奋地到了自家门口，掏出钥匙一拧，刚推开门，里面的谈话声突然涌出，又戛然而止。

咦？妈妈回来了。平日她都是周天早上回来，填满冰箱，匆匆吃完午饭就走了。这时她和爸爸正坐在沙发上，像是在聊什么，但看表情更像是在争执。但是看到林田进来，又戛然而止。

"林田回来了。"

"去杨婆婆家了？"

林田点点头，换拖鞋的时候又看了爸妈一眼，有点儿迷惑，但也没多问，就按这段时间形成的模式，径直走回自己的卧室。爸妈估计都将这种行为归为青春期。青春期就青春期吧，林田觉得自己憋着一口气。进卧室后，她又贴着门听外面的动静，但窸窸窣窣的什么也听不到。

午饭时间，妈妈喊了几次，林田才来到桌前。妈妈做的回锅肉还是那样可口下饭，林田没忍住又吃了两碗饭。而一直想让她控制体重的妈妈竟然给她夹了几次菜，还颇为温柔地说："多吃点，多吃点。"而爸爸端着碗，一直瞄着电视，也附和着说："现在上学也辛苦，多吃点。"两人聊了点家常，对话间也完全没有以往的"夹枪带棒"。

爸妈一反常态，倒让林田丈二和尚摸不着头脑，一边扒饭，一边想：莫非他们这是和好啦？对我态度转变，是秦老师给他们打电话了？或者……或者是趁我不在，翻看我的"美食秘籍"了？不对啊，刚进去看笔记本，位置都没变，不可能……左想右想，林田也没想出个所以然来，只好低头吃饭。

"林田，我想说的是，其实……"妈妈望了一眼爸爸，又喊了一声林田，说得吞吞吐吐。

"嗯？"

"你也长大了，有些事儿……"妈妈吞吞吐吐地说，然后停了下来，看了一眼爸爸，"算了，先不说了。"

林田有些疑惑，看着妈妈欲言又止的样子，那句话便又在脑袋里巡游。她放下筷子，鼓起勇气接过话茬："妈妈，我生日那天，你说的那句话真的很伤人。我想确实是实话，我一直想，想了这么久，这句话就一直在我脑子里转啊转……"

"啊？"

"就是那句，'你要是足够优秀……你爸至于不回来给你过生日吗'？你都不记得了？"林田一字一顿地讲出来。

"都什么乱七八糟的，我不是说了，我那天是因为有事儿出差吗？"爸爸有点儿恼怒地说。

"谁知道你呢！"妈妈瞄了爸爸一眼，又转向林田，脸上有一贯的严肃，但也有几丝歉意，"妈妈是希望你更重视学习，变得更优秀，这对你自己也好……"

"嗯嗯……"她看了看爸妈，这些在心里思忖许久的话，脱口而出，"或许只有像斐然那样优秀，或者有她一半优秀，才能够不被你们忽略，才配得到……得到一些东西。"

林田一口气说完，放下筷子，没看父母的反应，就跑进了自己的房间。

她听不清爸妈在客厅又低声争论着什么，但她清楚自己接下来不仅要保持这份敢于直言的勇气，还要努力学习，一定不能懈怠。等自己成绩变好了，等自己变成真正的月亮了，一定有底气把什么都说出来，甚至要当面问问自己到底是不是亲生的。

接下来的日子，林田基本没开过电视机，紧跟曲瑶瑶"悬梁刺股"的学习计划——早上五点半起床读书，下了晚自习回到家继续刷题，眼皮打

致青春 · 成长书系

架也要学到十一二点。白天上课，瞪大眼睛追着老师的思路，掐着大腿不让自己打盹儿、走神，可还是抵抗不了潮水般袭来的困意。

"曲瑶瑶，你平时都是这样学习的吗？啊啊啊啊……"林田不停地打着哈欠。

"是啊……你这才开始几天啊，我一直这么学的啊。"曲瑶瑶回答。

"这能有效率吗？到后面我都看不进去了……"林田顶着两只熊猫眼问。

"这……你再适应适应，就得把所有时间都利用起来呀，不然哪能追得上人家。"曲瑶瑶扶扶眼镜。

反正离考试也没多久了，临时抱佛脚吧，林田只好按这个方法进行下去。但"欠债"着实太多，尤其是数学，一些题还是迷迷糊糊的，觉得自己懂了，但是题目换个样子又不会了。

"曲瑶瑶，快救我一命，给我讲讲这道题到底是怎么变化的……"有一天下午放学了，林田又被一道数学题难住。

曲瑶瑶拿过林田的练习题，左看右看，讲解了一遍，结果林田说还是理解不了。

"唉，我也不知道怎么更好地去解释，要不……"曲瑶瑶环顾下教室里零零星星的人，指指朱洋洋，"要不，你问问学霸去，他数学那么好。"

于是，林田拿着习题去找坐在教室另一侧的朱洋洋。朱洋洋正神情专注地做作业，完全不被周围打闹的同学所影响。

林田说："朱洋洋，能不能帮我讲讲这道题……"

朱洋洋看看题，然后拿出另一个练习本，在上面写写算算。不一会儿，他就列了一个计算过程，然后说："你自己看吧！"

"啊？我知道答案，就是想问问这一步，比如这里，为何要这么算……"林田还尝试着解释自己不明白的地方。

"那……我也没办法了，我要回家了。"说完，他收拾起书包就出门了，头都不回一下。林田整个人愣住，待他走出门，才回到自己的位置上，说："这朱洋洋怪，我没想到他这么怪……他这……"

她看到曲瑶瑶笑成一团。

"你这是故意的？"

"我就试试你这前两个月的功力有没有退步。"曲瑶瑶说。

"你也太坏了吧……"

曲瑶瑶接过林田的本子，看着朱洋洋的解题步骤："原来是这样！你看，他给你写得很详细了，你自己仔细看。"

"你说他这是怎么了啊？"

"听说，他好像生病了……"

"什么病？"

"不清楚，我舍友是隔壁班的，她昨天告诉我的。"曲瑶瑶神神秘秘地说。

"是生病了，不理人的病。"

话是这么说，但静下心来，林田仔细查看朱洋洋的解题步骤，异常详细，看完突然就想明白了其中的几个技巧，甚至感觉这类型的题她一下就能融会贯通了。正当她有些兴奋时，朱洋洋厚厚的练习本里掉出一张折叠的纸，林田以为也是演算纸，就打开看，没想到上面都是朱洋洋画的画。纸上画着不少植物的素描，惟妙惟肖，植物旁边还画了几个小人，小人挥舞着各种棍棒，个个都凶神恶煞的，空白处还有一些对话："一定要考第一吗？""不考第一就是笨蛋吗？"满页纸上都打着大大小小的问号。

致青春 · 成长书系

这时曲瑶瑶已经走了，林田想这也是朱洋洋的秘密，就将那张纸放回练习本，然后一起放回朱洋洋的抽屉里。

在这每天废寝忘食的学习中，林田总算解密了为何曲瑶瑶总顶着黑眼圈。另外，这么个学法，林田不用刻意减肥也都瘦了两千克，难怪曲瑶瑶每天像是风一吹就会倒一般。

林田确实佩服曲瑶瑶的毅力，但也困惑为何都这样了，成绩还不能提高。林田想不明白，但也不好问，只能期待自己将近20天的努力能够带来好结果。她在心里将各路神仙都拜了一遍，期待自己成为黑马，一鸣惊人。以前，林田对待考试得过且过，心态平和，和平日上学没什么两样，而这次有了期待后，她心中也添了几分紧张。

当然论紧张，比起曲瑶瑶，林田只能甘拜下风。曲瑶瑶临考前两天几乎吃不进东西，每顿都喝白粥，配清淡的小菜或者馒头，稍微吃点儿刺激性的，肠胃就会闹毛病，一直拉肚子，影响考试。这次更甚，离考试还有三天，曲瑶瑶连白粥都喝不了两口，吃两口泡菜就算一顿。

"你这对食物的态度怎么能做我们'林中曲'的股东啊？"林田吃着自己丰盛的两荤两素，对曲瑶瑶说。

"我这就是特殊状况嘛，考试一过，就能恢复啦。"曲瑶瑶搅着白粥说。

虽然曲瑶瑶平日不多抱怨，但林田知道她爸爸说的那句"考差了，就转学回去"，让她心里一直沉甸甸的。要是真转回去了，那可真是太丢脸了。

一晃就到了期中考试。

考试铃声响起，教室里只有大家"唰唰"答题的声音。这是初二的第一次正式大考，林田想着自己一定要从这次开始，甩掉"中等生"的标签。只是每考一门，她明显感觉甩掉这个标签的难度就增加了一点，"唉，想努力变优秀点，怎么到处都是拦路虎啊？"考下来，每一门依然有种似是而非的感觉，好像做得来，但真正下笔时，心里又没底——林田知道，这种状态往往最后都只会答错。

待进行到最后一门英语考试时，距离结束还有不到一刻钟，林田按着太阳穴，准备再检查一遍时，突然教室里传来一声闷响。

大家都停下笔循着响声的方向看去——

"朱洋洋晕倒了！"

"老师，老师，朱洋洋晕倒了！"

朱洋洋旁边的同学一声声喊叫，监考老师赶紧走过来，只见朱洋洋趴在桌子上，老师一边扶起朱洋洋往外走，喊来在走廊上巡视的年级主任，一边让学生抓紧最后十几分钟好好考试。

大家纷纷回到座位上，等交卷铃声一响，便三五成群地议论起来。平日，和朱洋洋来往的人不多，知情人自然也少，只有坐在朱洋洋旁边的同学说："他最近一直有些走神，可能是压力太大了，听说他妈妈超级无敌严格……"

"啊！就知道，但他成绩也很好啊！"

"唉，那也不是最好的，可能他妈妈还是不满意吧。"

"喔！果然是标准不一样。要是我能考到他的成绩，指不定我爸妈能高兴成什么样子呢。"林田说着，"估计能重归于好……"想起几周前的场景，那次疑似要"和好"的爸妈在那之后再没打过照面，只是对她的关心稍微多了起来，妈妈会多打几个电话，而爸爸尽量早上等着她一起吃早餐。

"是啊，要是我能有他的成绩，爸妈也就满意了。"曲瑶瑶也感叹道。

教室里的同学都叽叽喳喳议论着朱洋洋的事儿，包括他这学期更加不爱搭理人、公开课上的走神等，似乎都说明这次晕倒是有迹可循的。

没过一会儿，秦老师来了。

"朱洋洋现在没事儿啦，大家学习之余也要注意调节个人情绪。另外，还了解朱洋洋其他情况的同学记得来找我。好了，大家赶紧回家吧！"

秦老师一脸严肃，大家也闭了嘴。不过，"大考大好耍，小考小好耍"，大家很快就跑得没了人影。

"我不是之前给你说他生病了吗？后来我那个室友说，他可能有点儿抑郁（状态不好）。"曲瑶瑶说。

"抑郁症？"

"不知道会不会这么严重，还有可能是这段时间压力太大，"曲瑶瑶撇撇嘴，"说不定我也有。"

"别乱说，你就是考试太紧张了。"

"真的。考试这几天我一直冒冷汗，我真的怕又考砸了，不知道回去怎么交代……"曲瑶瑶满脸愁绪，"我是有点儿理解他的。"

"别胡思乱想了，回去好好休息。"林田挽着曲瑶瑶的手往外走。走出校门几百米，林田忽然回过神来："对了，秦老师刚才不是说，了解朱洋洋其他事的同学要和她说吗？我忽然想起一件事。"

待两个人气喘吁吁地跑回办公室，秦老师不在，一问，还在医务室。两个人赶到医务室的时候，刚好遇到朱洋洋的妈妈来接他走，他似乎已经好了。

"朱洋洋……"林田轻轻叫了一声。

朱洋洋抬头看她俩一眼，"嗯"了一声，低下头就走了。朱洋洋妈妈走在离他半米远的地方，中等个子，头发随意地扎在脑后，脸色蜡黄，穿着普通，身上有一股浓烈的消毒水味道，冲林田她们点点头，就目不斜视地扯扯朱洋洋的袖子往前走。等他们走到楼梯口，林田转身去了医务室，秦老师正皱着眉与医务室医生细聊，回头看见她俩："你们怎么来了？"

林田把那张草稿纸的事儿跟秦老师说了。秦老师点点头说："老师知道了。他是心理压力太大，我也跟他妈妈聊了。他妈妈就是护士，会带他去看心理医生的。你们也快点儿回家吧。"

新的一周，林田看到朱洋洋的位置还空着，就指给曲瑶瑶看，曲瑶瑶也没心情看。"我是泥菩萨过河自身难保……"曲瑶瑶说。

曲瑶瑶跟林田讲，周末父母出去有事儿，让她辅导弟弟幼儿园的作业，包括一些特别费时费劲的手工板报。她拒绝了，说自己要学习。

"我爸就说：'我倒要看你这次能不能考到班级前十，要是考不到就回家，每天放学还能帮我们看弟弟。'"

"怎么可能真让你回去，都是吓唬你的。大人们都喜欢这样，不够麻烦的。"林田安慰她。

"只能祈祷不能如他们所愿。"曲瑶瑶说着，取下眼镜，揉揉自己的黑眼圈，"要是考得不好，我真觉得很羞愧，觉得很对不起他们，毕竟花了这么多钱到这里来，邻居亲戚们都说，我将来一定会考哪个哪个重点高中……"

林田轻轻拍拍她的肩膀，看着曲瑶瑶这么焦虑，真怕她也跟朱洋洋一样。看来，没有成为"月亮"的人真是一个比一个惨呀。还是只有努力成为"月亮"，一切烦恼都会没有了吧？可努力了真的有用吗？

接下来的日子，天不遂人愿，待期中考试成绩一门一门公布后，曲瑶

致青春·成长书系

瑶几乎每一门都不理想，连她平日里最拿手的英语也有失水准。她整个人就如同一块僵硬的抹布瘫在桌上，没有任何生气。

而林田的黑马之梦也在数学、英语成绩公布后，基本宣告破灭。只不过林田还期待着一直没有公布成绩的物理，希望自己能"逆风翻盘"。因为这门课才开始学，完全没有欠债，而且因为苏老师，她一直学得很认真——毕竟像她这样的中等生能有这样一束光，就可以默默记在心里许久，为着这束微弱的光也要努力的。

到了周四，其他科成绩都公布了，就剩物理没有公布成绩。同学们都在议论到底怎么回事儿，有消息灵通的，便在外面打听，并带回来了消息。

"听人说，我们班这次物理考试全年级倒数第一……"

待到午饭后回来，白色试卷总像是教室里凭空翻起的巨浪，然而这次的浪过于安静了。拿到试卷的同学似乎都有些心事重重。

林田的试卷摊在桌上，赫然写着66分（总分80）。

"啊！比我想象的高不少呢，六六大顺。"林田拿起卷子小声说了一句，抑制不住地笑。

"不错啊，林田！"曲瑶瑶笑着夸奖。可等她走到自己位置上，翻起倒扣着的卷子，就木愣愣地坐在位置上，趴在桌上，空气仿佛就此凝固了。林田探着身子，拍拍曲瑶瑶，"怎么了？"接着赫然看到一个大大的红色数字"45"印在曲瑶瑶的卷子上方。听见林田的问话，曲瑶瑶没回复，而是"唰"的一下就把卷子抓起来塞到抽屉里，头窝在臂弯里低声地啜泣起来。

曲瑶瑶属于很能隐忍的人，林田从没看见她这么哭过，估计这次真绷不住了。前面几科本来就没考好，再加上物理这离谱的低分，曲瑶瑶这次总分排名应该不会太理想。

　　物理成绩比曲瑶瑶高出这么多分，林田着实没想到，这时更不知道如何安慰她才好，只能坐在座位上左右为难。她环顾四周，才发现大家都在讨论物理考试，好像大多数人的考试成绩都不理想，听了好几个人念出的分数，竟然都没自己高，这到底是怎么回事儿啊？

　　既然物理成绩公布了，很快年级、班级排名也出来了，蒋兰兰兴致不高地从教室外拿着总成绩单进来。除了像罗晨这样的人完全不关心排名，不少同学都凑过去看，林田也凑近看看，自己往前进步了2名，25名，这还是因为朱洋洋的成绩没算在里面，大半个月的努力成效不大，也不知何年何月才能摘掉"中等生"的帽子。当然，就这个排名也还是靠物理考试的超常发挥才有的。

　　林田有些泄气，更让她意外的是，曲瑶瑶竟然就在她前三名，比之前还退步了，更别说满足她爸爸考入前十的要求。曲瑶瑶站在人群外围，眼泪瞬间涌了出来，又默默地回到自己的位置上，瘦瘦小小的一个人，再配上那张生无可恋的脸，着实可怜。当然在这种几家欢喜几家愁的状况下，要不是好友，没多少人会注意其他人的反应。

　　林田立马跟着曲瑶瑶回到座位上，见她趴在桌上，也不敢说话，只蹲在她的座位旁，轻轻地拍她的背。虽然林田先前嘴上安慰曲瑶瑶，她爸爸肯定是吓唬她才说要把她转回去，但自己心里也没底啊。大人说的话，哪些是真的，哪些是假的，哪些是吓唬人的，哪些是确有其事的……其实并不是那么好辨认的，只是这些话都变成种子长在了孩子心里，难免为此担惊受怕，自己不也一样吗？

　　要是曲瑶瑶真转走了，林田都不敢想象自己的日子要怎么过。拍着曲瑶瑶后背的手，能感受到曲瑶瑶想抑制哭泣的耸动，她自己的眼眶也红了，脑子嗡嗡的。两个人一句话都没说，几分钟后，她觉得曲瑶瑶心情平复一些后，林田或许想是稍微缓和下气氛，也不知怎地冒出一句："曲瑶瑶，没事儿，这次可能是你身体状态太差了，下次好好调整会好的，你这也比我好多了。"

曲瑶瑶这时才抬起头，脸上沾满了被眼泪濡湿的头发，眼睛红红的，直愣愣地盯着她："谁要和你比啊，你才努力几天啊，你有天天像我这样学吗？"说完，提起书包，快速跑出了教室。

林田知道自己说错话了，但也是又气又委屈。当然，林田替曲瑶瑶难过，朱洋洋努力，但曲瑶瑶何尝不努力呢，她心里那么骄傲，却总也赶不上，好像她永远被关在优等生门外，如何敲门，门都不开。林田慢腾腾地整理好课本，背着书包往外走。

"今天不跳绳、跑步啦？"罗晨抱着球从她身边经过，他的死党卫星也跟在一旁。

"不跳了。"林田望了他一眼，他脸上的神色也不如以前开心，"不会吧，你也为成绩忧愁啦？"

"怎么可能？走啦，练球去了！"罗晨边说边往操场跑去。林田拉住跑在后面的卫星，问他怎么回事儿，"哎呀，要是这次测验不合格，他可能就去不了青少杯足球赛了……"说完，就疾步追上前面的罗晨。

"啊，怎么是这样啊？"林田继续往回走，心里想：不都说努力就有收获吗？可看看自己，看看苏老师、罗晨、朱洋洋……是不是有的事儿无论努不努力结果都差不多？是不是有的人，再怎么努力都成不了月亮啊？和曲瑶瑶闹别扭够难受的了，但这个问题让她更难受。

到了小区楼下，正巧碰到杨婆婆遛弯回家，看见一脸沮丧的林田，就问她遇到了什么事儿。林田找不到其他人倾诉，就跟着杨婆婆回家，一股脑儿都说了出来。

等她说得差不多了，杨婆婆才说："你这才努力多久啊，黑马可不是一蹴而就的。"

"这倒也是……"林田小声嘀咕着，曲瑶瑶也这么说。

"每次都能往前进步一两名，不是很好吗？"杨婆婆用指尖点点林田的额头。

"那曲瑶瑶呢，她一直努力，这次还退步了。还有朱洋洋，努力学习，常年前三，但因为考不到第一，现在都快抑郁了……还有苏老师，一直努力在我们班搞创新授课实验，可失败了，听说我们班物理成绩倒数第一……不是说，努力就有收获吗？我是努力的时间不够，但他们都很努力啊！看他们这样，我觉得是不是付出再多努力也没用啊，我还是做回星尘吧。有的人注定就是月亮，我注定就不可能是，努力也没用……"

杨婆婆耐心地听林田说完，然后拉着林田的手坐下来。

"这样啊……听起来是很让人沮丧呢！"杨婆婆先是点点头，然后说，"我们先不说别人，我们就说说你，你努力的最终目标是什么？"

"我……我就想努力了，变得跟斐然一样好，然后能够跟爸妈说，其实我也可以很优秀的，我觉得自己也不比斐然差。我想只要我的成绩好了，就能像夜空里的月亮一样，我爸妈一定会注意到我……因为这么多年来，我一直披着隐身衣，可我不想隐身了……"林田讲得语无伦次。

"你问问自己，努力的这两个月你真没有一点儿收获？可不能这样不客观啊。"杨婆婆点点林田的头。

林田想想，自然也不能说一点儿收获都没有，之前的改变让她充满了勇气，只是没达到她想成为"黑马"的期望。杨婆婆看出她的心思："这

致青春·成长书系

是阶段性努力的结果之一，但还不是你努力的最终目标，也不是你努力的最终意义。"

"我最终的目标，就是想要成为像斐然那样的人……"

"我觉得不尽是。"杨婆婆说完就不再说话，又回到自己的写字台旁，"而且，你说的其他人的努力，你也可以去深入了解其他人，尽你所能去帮助他们，就会知道到底为什么他们的努力暂时没成功，你也会得到意想不到的答案和收获，到时候你再下定论。"

"我能行吗？"

"嘿，不是才说之前得到勇气了吗？"

林田没有完全懂杨婆婆的意思，反正她觉得自己就是想成为斐然那样的"月亮"，既然杨婆婆说还可以通过了解其他人就能知道答案，那就试试看。

第二天到了教室，林田喊了两声"瑶瑶"，曲瑶瑶都没有理她。林田又故意重重地拖拽自己的凳子，可前排的曲瑶瑶像故意没听见一样。这算是她们第一次闹这么大的别扭，林田想，就让各自再冷静冷静吧。可还没等她多想想曲瑶瑶的事儿，就看见大家拿着物理试卷在讨论苏老师。

"听说物理老师会换人……"

"听说苏老师的'创新课堂'，学校老师挺重视，但没想到我们这次成绩会这样。"

"我其实不太适应苏老师的那种方式……"

"我也是……"

"这'创新课堂'用在我们身上，让我们变成了实验品，也成了牺牲品……"

"我也这么觉得，还听说啊……"

同学们讲的苏老师的"创新课堂"模式是讲半节课，然后下半节课让同学们就课堂内容举手提问题，课后作业基本等于零，做练习册全靠自觉，做完了自己对答案，不懂的下一节课再继续问。要说以前的林田肯定是不适应这种"创新课堂"的，只不过刚好开学第一周，苏老师的话给她打了鸡血，才能慢慢跟着苏老师的这种模式走。

大家议论纷纷，教室里到处都是嗡嗡嗡的声音，林田心想，要是苏老师听到该多伤心啊！没想到往教室后门一瞥，发现苏老师已经端着不少实验器材站在教室门外了，想必大家的议论他听到了不少。

"物理成绩不好，大家都不开心吧？"苏老师走进来说。

有几名同学幅度很小地点了点头。

"大家的议论我都听到了。"苏老师严肃起来，"我的确要跟大家说声对不起，大家这个成绩肯定很大程度上在于我，我这边也会对往后的课堂设置以及课后作业的批改方式进行改进。我也看了大家的试卷，放心，只要大家好好学，期末我们一定能赶上去的，大家有没有信心？"

林田环顾四周，只听见零零落落几个"有"，还都是有气无力的。

林田也应了一声。苏老师点点头："那我们今天就来讲讲试卷，我们一起找找到底是哪些地方成了扣分点，后面我们继续补上。这是一次测验，一次小小的失败而已。我们各自找到自己的原因，下次就好了。"

接下来的课，苏老师一道题一道题地讲解，讲得很细。遇到一些全班出错率高的题目，还让同学来谈谈为何会有这个错的思路，苏老师再一一解答。在这一问一答间，大家的信心好像增加了不少。待到下课，苏老师又问了一遍："大家有没有信心学好物理？"

回答的人多了不少，但声音还是不够大。

致青春·成长书系

"我会让你们的信心变强的。我还会积极找其他原因的，会给每个同学出一份试卷分析，看看每个同学的具体情况。另外，考虑到大家的自觉性还是不够，往后的课后作业可都得交上来……"

苏老师说完就往教室外走，路过林田身边时，有个实验器材差点儿掉下来，林田站起来，轻声说："老师，我帮你拿过去吧。"说完接过苏老师手上的东西就往外走。师生一前一后穿过走廊，一句话都没说，但林田心里一直憋着一句话，直到走进实验器材室，把东西都摆好后，林田还欲言又止。

"有什么话就说，看你心事重重的。"苏老师给林田倒了一杯水。

"苏老师，你不会真要调走吧……"

"听谁说的？一次考得不如意，就得把老师调走啊……"苏老师坐下来。

"不不不！"林田赶紧摆手，"就是觉得苏老师很认真地尝试，努力了这么久，没想到结果是这样，不是白辛苦了吗？"

苏老师笑着说："谁告诉过你，凡事只需努力一下就一定会立即成功的。因为可能是方式错了，也可能是方向错了，也可能是时机错了，更有可能仅仅是过程中的小挫折。况且这不代表努力没意义啊，我也吸取了很多经验教训，更会调整自己的教学方式，以后会好的。"

"但是……但是，听大家那么说，你不沮丧吗？"林田说得很小声。

"当然会有一点点啦，老师也是人好吧。但是，只要有一点点，就得马上恢复好情绪啊。"苏老师摆弄着办公桌上的东西，"很感谢林田同学现在还努力安慰老师。特别感谢你，你这段时间进步明显，往后也一样好好学习物理啊。你看你物理都能学这么好，证明其他科只要继续认真学，就不会差的。"

“谢谢老师，我加油。”林田好像已经得到了答案。

苏老师开始收拾办公桌，晃晃饭盒，说：“学好物理，林田同学做的美食更是不会差的。”

林田笑笑，这段时间为了成为"黑马"，好久没钻研厨艺了。她问苏老师："苏老师，你最喜欢吃什么菜啊？"

“啊，我是陕西人，最喜欢吃的是油泼面，但其他的美食我也都可以啊……”

“哈哈哈，好的，谢谢老师！”

“期待林大美食家哈！”苏老师笑着说。

林田笑着离开了器材室。苏老师说的油泼面她只听过，自己没有试着做过，这周她可以查资料，自己做来试试。她要将它记录在《林中曲美食秘籍》里，到时候请苏老师品鉴品鉴。

想着苏老师还会留下来，林田心里异常高兴，而更高兴的是苏老师给她做了一个榜样：努力都是会有收获的，但要好好总结，也不要气馁，大不了调整调整再上路。这样一想，外面秋雨连绵的坏天气似乎也好了很多，难怪杨婆婆说多去了解，就会发现答案。

林田记得苏老师的话，还要继续好好学习，才能真正见到成效。这次期中考试只是过渡，自己不应该就此打住。要想成为像斐然那样的"月亮"，可不是一朝一夕的事儿，林田算是放平心态了，就像减重一样，只要提上日程，注意饮食和运动，体重就会稳步下降的，哪怕慢一点儿。成绩也一样，这次上升一两名，一次一次加油，克服自己的弱点，也是有希望的。

只是，一向努力的曲瑶瑶却泄气了，整个人都蔫了，看着她那几天茶不思，饭不想，题也不想做，像是要彻底放弃的样子，林田心里也很着急。一连闹了几天别扭，林田终于憋不住了，她忽然想起苏老师的话。其实曲瑶瑶一直很勤奋，可能只是方式、方法不对，又因为容易紧张，让原本有10分的能力在考场上只能发挥5分。而且曲瑶瑶说，不想找老师是怕老师真觉得她笨，以后更瞧不起她。现在想来，应该是从小优秀惯了的曲瑶瑶，总是抹不开面子去直面老师。可这样一来，就更难发现自己的问题了。要是努力方向错了，越努力就错得越离谱。

林田很着急，她想了想，或许唯一能帮曲瑶瑶的就是自己替她找老师说明情况。要是放在上学期，林田可能真的很难迈出这一步。可这次，有了前两个月的铺垫，林田稍微做了一下心理建设，就硬着头皮去找老师了。

当然，为了不让老师说"自己的稀饭都还没有吹冷，别管人家碗里的是什么"，林田也把自己的考试试卷好好地分析了一遍，不懂的题都一一列下来。等她一门一门地去找老师后，都会将曲瑶瑶的情况给科任老师一一说明："她真的很努力，希望老师能帮帮她……"至于老师们都问的"为何曲瑶瑶不自己来"的问题，林田也如实回答。

待找完所有的科任老师，林田忽然发现，其实有些话真讲出来也没那么难，找找老师也完全没啥。几位老师仔细看了林田的试卷，给她指出不少薄弱环节和一些典型题的解题技巧。见完老师后，林田需要消化很多东西，但有种前所未有的清晰感。

林田还跟秦老师说："还有一点，就是曲瑶瑶太紧张了，可能也是家长虽然不过问细节，但一直给她压力，让她一上考场，整个人都会僵硬，发挥不出她的正常水平。她真的真的很努力。"林田说得激动，双手都挥舞起来，接着说："我真的很担心她会变成朱洋洋那样，还希望老师能帮帮她，和她的爸妈沟通一下。"

“好的，老师知道了。”秦老师笑着点点头，“这学期老师觉得你变化很大……”

林田也不好意思地笑笑。

一连两天，被各科老师找过去谈话的曲瑶瑶，脸上的愁云明显少了许多，整个人也像是久旱逢雨的植物一样，清新放松了。更没想到的是，到了第三天，曲瑶瑶爸妈都来了，把她弟弟也带来了。林田第一次见曲瑶瑶一大家子，她爸爸确实长了一副不怒自威的样子，是让人有点儿害怕，而她弟弟在走廊外面毫不怯生地跑来跑去，一看就是家里的小霸王。

曲瑶瑶被喊去谈了一个多小时，走进教室的时候，眼睛还红红的。

林田趴在她后面，更加不敢出声了。自己擅自对老师说曲瑶瑶的事儿，她到这时都不知道曲瑶瑶能不能接受，如果好心办坏事，可就真惨了。

没一会儿，一只手从前面别扭地伸过来，递过来一小瓶坚果摆在桌角。林田一笑，她知道这是曲瑶瑶的示好，故意说：“哎呀，不要和我这种人来往啊。”说完拧开坚果瓶就吃了起来，咯嘣咯嘣的声音引得曲瑶瑶扑哧笑了：“那你别吃啊！”

“我桌上的东西，我为什么不吃？哼！”林田说。

“好啦，好啦，我知道你对我最好啦。”曲瑶瑶做原谅状，然后郑重其事地说，“谢谢你帮我找老师！”

“不客气啦，还怕你不高兴呢！以前都是你帮我，这次换我来呀。”林田摇头晃脑又捏捏曲瑶瑶的脸，说：“我们可是最好的朋友，以后不要闹别扭啦！”

曲瑶瑶闭着眼点点头。

林田又问她：“你那些压力秦老师都和你爸妈聊了吗？我觉得你平时

学得很好，就是考试太紧张了……"

曲瑶瑶说："秦老师今天当着我爸妈的面说，给我的压力小一点，说不定我会弹得更高。还说，她也跟其他老师了解了我的成绩，甚至还跟我小学老师打了电话，相信我没问题，就是我心理素质太差了，逢大考总是不行。我爸妈当着秦老师的面也说，可能平日里对我的要求过高，说话也没注意分寸，没想到给我造成这么大的心理压力……"

曲瑶瑶噼里啪啦说了一堆，像是要把这几天没能和林田讲的话统统都补回来。

"真好！你看老师还是在意你的。老师还说你什么了？"林田问。

"嗯嗯，还说我这种努力属于'伪勤奋'。"曲瑶瑶撇撇嘴说。

"啊？"林田愣了一下，不知道怎么接话。这可不算什么好词，但她却看见曲瑶瑶脸上蛮坦然的。

"今天我也反思了下，觉得秦老师说得也没错。我除了不好意思找老师问自己的症结所在，另外一点就是'伪勤奋'吧。你之前跟着我的作息不是觉得困得不行吗？其实，我自己也很困，那种状态确实很难学进去，效率贼低。只是我又感觉不花那么多时间，不勤奋努力，心里就不安，总觉得对不起爸妈，然后就成了恶性循环……"

"你给自己的压力太大了。"

"也怪我自己总是钻牛角尖，其实早就应该去问问老师，或许更有效果吧。"曲瑶瑶说，"之前，我总不愿去找老师，不愿承认自己的问题，觉得自己小学那么厉害，初一只是自己努力不够，想向老师证明自己，也想向爸妈证明自己，可越有这种想法，心情就越紧张，也解决不了问题，可能就是所谓的恶性循环吧……"

"现在好了，你的心结解开一点儿了……"

"嗯嗯，而且我爸也当老师的面保证了，以后再也不说'考不好就转学回去'的话。"说到这里，曲瑶瑶才真正舒心地笑了，"嗯嗯，走了，我肯定日思夜想你做的美食。"

"呀，就我做的美食吗？"林田不甘心地撇撇嘴，心里却是高兴的。以前总是曲瑶瑶鼓励自己、安慰自己，这一次自己主动跑了几次办公室，就能让曲瑶瑶恢复如初，而且还因此了解到自己各科的薄弱环节，真是一举多得。

果然就像杨婆婆说的，"力所能及地帮助身边人，会得到很多意想不到的结果"。

不过，她也很羡慕曲瑶瑶，父母的事儿跟学习的事儿一并解决了。可自己呢，期中考试后发生的事儿太多，跑上跑下，忙得不亦乐乎，林田觉得自己似乎在躲避什么。三四周前，林田幻想着自己拿着一鸣惊人的期中成绩，底气十足地对爸妈敞开心扉，向他们证明自己也可以是优秀的，希望他们不要忽略自己。

可是这个美梦来得快，也破灭得快。

波澜不惊的成绩拿回家后，爸妈并没有像其他家长那样紧张，甚至还打电话去问老师。他们早就习惯有这样一个资质平平的女儿了吧，所以，林田换来的是两句话，一人一句同样的话："都初二了，自己要加油，多用点心，少看电视……"——这么看，他俩还挺有默契的。

可就像杨婆婆说的，我这两个多月的努力真没有收获吗？倒也不是，这两个多月林田觉得自己变化挺大的，连秦老师都觉得她像变了一个人似的。林田也暗暗开心。可面对父母的时候，这些变化又瞬间淡了许多，毕竟连斐然的一半都够不上。拿这样的成绩去跟爸妈"谈判"，显然没啥底气。

林田抹抹脸上的汗，对着操场上的反光镜，看着镜子里的自己。两个月的跑步、跳绳，让她整个人瘦了一圈，精气神也好了。而这两个多月经历的事情，也让她看到自己眼里微弱而坚定的光芒，不再像以往那样茫然、怯懦。她想，这或许也是长大的一种形式，如此隐秘，但自己却能感受得到。是的，努力暂时不一定成功，但及时回看，调整方向，都是有收获的，会有变化的。

"加油！我才努力了两个多月，再加把劲儿，继续努力，等我变得跟斐然一样优秀，到时候你们一定会注意到我的。"林田对着镜子里的自己说。

林田想要继续加油，根据老师指出的问题，有针对性地学习，而且还要跟斐然一样去找王老师。回到家，林田在卧室一听到爸爸开门的声音就跑出去，说自己想找王老师帮看看期中数学试卷。

"嗯，好的。我找时间问问去，但你这成绩……"爸爸稍微皱了下眉，"最重要的还是要自己肯学，这事儿找你的老师也可以啊。"林田怔了一下，点点头，明白了什么。像自己现在这个成绩，即便找王老师，估计也没太大作用，还是别为难爸爸了，自己先学吧。王老师愿意帮斐然，那是因为人家斐然本身就成绩、能力过硬。

回到卧室，林田看着卡在台灯底座的一张纸条——"打败于斐然"，忽然又生出一种茫然感。

都成不了斐然，谈何打败呢？

林田又在"于斐然"三个字上重重地画了很多圈。

突然，她想到新年前的艺术节。斐然除了成绩好，还会才艺，那是不是要跟她一样，学点什么才艺呢？东边不亮，西边亮。如果进了艺术节的决赛，还可以邀请爸妈来现场看，也可以向他们证明，自己哪怕还没成为斐然，但在成为斐然的路上一直努力，总有一天会够到她的。

　　以前林田从未想过要去参加艺术节，这次她竟然有一点儿心动，应该不只是一点儿。但是毫无才艺的自己到底要怎样才能另辟蹊径参加艺术节呢？林田将这个想法跟曲瑶瑶说了，曲瑶瑶像看外星人一样看着她。不过，这一阵在她身上发生的怪事不少，对此也就见怪不怪了。

　　"只是，你到底要表演什么才艺呢？"

　　"这个嘛……也还是个问题。"林田苦思冥想。

七、珍惜自己"地球一生游"的特殊门票

朱洋洋的位置还空着。一天放学，秦老师拿着一堆作业和练习册问："谁住在锦园小区附近啊？或者顺路，帮我将朱洋洋的东西带给他。我这边有点事儿，走不开。"

大家左看右看，都没人举手。

"老师，我可以去。"林田突然举起了手。就说这小区怎么这么耳熟，大名鼎鼎的锦园小区是家附近最高档的小区，里面的小洋房盖得像是童话世界一样。这小区离林田家走路不到一刻钟。但做同学这么久，她上学、放学路上从没碰见过朱洋洋。

"那好……但这些东西有点儿沉。"秦老师掂了掂手里的袋子，点点头，下课时就将作业和朱洋洋家的详细地址给她了，"洋洋妈妈说，他的状态好多了，医生都说可以来上课了，可朱洋洋自己不愿意来上学。要有合适的机会，你也劝劝他，初二课程紧，尽量来上课。"

林田点点头。

秦老师还不放心，又叮嘱道："注意方式、方法哈！"

曲瑶瑶也想出校门透透风，借着能帮林田拎东西的理由，也向秦老师申请出校了。两人出了校门，左弯右拐的，一人抱一兜资料，累得够

呛，才到了朱洋洋家的小区。一番登记后进了大门，刚才还累得气喘吁吁的两个人一下就来了精神，眼睛四处张望。锦园小区的绿化带不仅到处都是修剪整饬的草坪，看不到一点儿裸露的泥土，而且种植的都不是常见的植物——阔叶的天堂鸟、张扬的龙血树、茂盛的鱼尾葵、亭亭如盖的樟树……倒不是林田她们都认识，而是树上都挂着标牌。本来两百多米的林间小道，两人左看看右瞧瞧，硬是走了十几分钟。待穿过一个泳池，就到了朱洋洋家楼下，仰头数了数，听见从三楼窗户传出的悠扬的小提琴声。

朱洋洋还会拉小提琴？林田之前可不知道。

待她敲门后，朱洋洋开了门，还是标志性的黑外套裹在身上。林田往他家里看看，与小区外面的鲜活相比，他们家的装修陈旧，家具不多，客厅里没有电视，但家里每一样东西都摆放得整整齐齐，连隔板上的四个小相框都是同样大小，且以同样的角度摆放。

"给！"林田将重重一提兜作业都给了朱洋洋，然后看着朱洋洋手中的小提琴，"你会拉小提琴呀，真厉害！"

"谢谢！"朱洋洋微微耸耸肩，接过作业。他看林田还在门口左看右看，就问，"你们要不要进来？"

"不了，不了，你好点了吗？"曲瑶瑶赶紧拉拉林田。

"好点了，我只是……"

"谁啊，洋洋？"一个女声在屋里问。

"同学，"朱洋洋轻声回答，"给我送资料。"

他妈妈从里屋走出来，脸上带着淡淡的笑，说："都进来坐坐啊。"

"不用了，阿姨，秦老师让我们给朱洋洋送资料。"

"喔喔，好！"朱洋洋妈妈说着就拉开冰箱取出两个橘子。

朱洋洋又独自站在一边，神色有些木然。林田突然想起之前他草稿纸

致青春·成长书系

上的图画，深呼吸一下，还是张口了："阿姨，要不让朱洋洋和我们出去转转，就在你们小区里，听说你们小区能看到河湾，我一直想看看，终于有机会了。太阳马上下山了，一定很美吧……"

"好啊，洋洋你出去多穿点衣服啊。"随后望了眼墙上的钟说，"半小时差不多哈，6点35分回来就行。"

朱洋洋点点头。

待到三个人走出去，朱洋洋才说："你怎么知道我想出去？"

"我……火眼金睛啊。"林田不想说之前草稿本上图画的事儿，赶紧换了一个话题，"不过，你妈妈好严格，时间卡得这么准。"

"这都算严啊？"朱洋洋有点儿惊讶，"之前暑假，雷打不动，每天做题八小时。每个小时中间只能休息五分钟，上下楼各两分钟，剩下一分钟在楼下，也不是纯玩，而是跳绳一分钟。上学，放学，我妈都送我，卡好时间，一分钟也不能浪费。"

"不会吧？"曲瑶瑶和林田齐声说，瞪大眼睛，面面相觑。

"难怪是学霸！"曲瑶瑶还不忘补一句。

"什么学霸啊，又不是我想要的，况且还不是第一名。"朱洋洋说，"是我妈想要的，我不过是实现她的心愿而已。"

"你爸爸呢？"林田莫名问了一句。

"我妈一个人带我。"

"啊，对不起！"

"没什么啊。"朱洋洋说，"正因为这样，我才一直觉得妈妈很辛苦，总想努力讨她欢心。小时候练小提琴，我妈比老师还严格，一首曲子她一个音一个音地抠，一有错就用晾衣架打手。"朱洋洋将手伸过来，现在还能看到手心、手指上的疤痕。林田和曲瑶瑶面面相觑，说不出话来。

朱洋洋接着说："可练了这么多年，家里也花了不少钱，准备去考上海音乐学院附中时，找到一位很有声望的老师，那位老师很坦诚，就直接说我不算特别有天赋，努力点，做个特长生就行，走独奏这条路就别想了，'天赋不够，再努力也没有用'。之后，我妈就对我练小提琴看得松了，把精力都花在督促我学习上，用以前逼我练琴的狠劲儿逼我做作业。可她的要求越来越高，上学期期末我刚好第四名，前三都没进，我妈妈在家哭了很久，好像我考不了第一名就是做了多么伤天害理的事儿……"

朱洋洋平时很安静，没想到这一说就停不下来。

"我想说，上学以来这么久，第一次听你说这么多话。"林田举着手，小心翼翼地说。

朱洋洋也只是腼腆地笑笑。

林田又重复着那句话："天赋不够，再努力也没有用，那岂不是……"

朱洋洋瞬间明白林田的意思，解释道："那也得拼到足够努力，才能去谈天赋的。我从两岁接触小提琴，练习快十年，才接受这一结论的。当然，其实我早就感受到了，同龄的琴童中，厉害的该拿的奖早就都拿了，我大多时候就是参与奖，第二、三名都了不得了。只是我妈一直不甘心，她从小有个艺术梦，只是没实现，就想在我身上发扬光大。考上海音乐学院附中失败后，她才彻底死心了。"

曲瑶瑶低声说："难怪我那个跟你是小学同学的舍友，就说你妈妈忒严格，还说你有点儿抑郁……"

朱洋洋说："嗯，去医院检查了，算轻度，但要定期去复查。"

"呃，原来学霸也不是随随便便当的，一直这么努力，竟然还为此生病了……"林田为自己努力20天就想成为黑马而汗颜。

"也不是，只是上学期期末考试考砸了，见我妈不高兴后，我忽然就没了努力的动力，反正也都是为了她努力，而且我全身心扑在学习上，也还是达不到她的目标。班里第一完了，还有年级第一，还有全区第一，还有全市……不知何时算个头，还不如算了……"朱洋洋说着踢了踢路上的小石子，像踢球一样，动作却异常笨拙。看着他瘦弱的背影，林田想到他确实不太爱参加各种活动，除了平日上课被老师点名回答问题，课后基本也不怎么和同学出去玩。

这时，朱洋洋转过身问她们："你们的父母也会这样抓成绩吗？"

"啊，什么意思？你以为只有前几名的父母才会抓成绩，我爸妈也要把我生吞活剥了。"曲瑶瑶叹息道，"不过，我们中等生的痛和你们学霸的痛又不一样。"

"我父母倒是不管成绩，可其他的也不管啊，彻底被忽略，也不知哪种更好……"林田停顿一下，"而且，我可能都不是他们亲生的呢……"

"你那都没证据，别瞎说啊。"曲瑶瑶打趣道。

"但也没有证据证明是啊，我和他们鼻子、眼睛都长得不像。等我存够亲子鉴定的钱，我可要去试试的。"林田毫无顾忌地说。

"算了算了，哈哈哈哈，又不是比惨大会。"曲瑶瑶笑着说。

朱洋洋也咧着嘴笑了。

林田想，比起朱洋洋的努力，自己那20天的"废寝忘食"简直算不了什么，而且朱洋洋都已经是班级前几名了，还会陷入这样的境地。这是不是也算来自他妈妈的"忽略"？哪怕他妈妈天天盯着他的学习，天天和他生活在一起，但还是忽略了他的需求和想法，也是另一种"忽略"吧。不管哪种"忽略"，或许就是每个人成长的必经之路。她是，曲瑶瑶是，朱洋洋也是。她又想起那天与斐然碰面时，斐然欲言又止的神情，或许连那么优秀的人也一样吧。

这么一想，林田的心结好像解开了一点儿。

慢慢溜达着，他们三人走到小区靠河湾处，沿着一大片草地里的步道走着。不远处，夕阳的光芒被揉成细细碎碎的金箔撒在河面上，金色的河流不疾不徐流向它早已熟稔的方向。林田和曲瑶瑶仰着头走在前面，边走边感叹："朱洋洋，你们小区可真好看，总算有机会进来看一眼了。"

没听见朱洋洋的动静，转头一看，发现他正蹲下来看什么，头也不抬地惊呼着："快来，你们看，萝藦。"

林田她们转过身，朝他那里走去，只见一种爬藤植物攀上了一株灌木，挂着两个绿色的果实，果身椭圆，头部尖尖，呈羊角形。

"什么，这是什么？"林田都没听清楚这个名字。

"萝藦，我在书上看过，这还是第一次见真的。《诗经》里都有，很古老的植物，好像以前叫芄兰。"朱洋洋扶扶眼镜，仔细看着。

"估计也是你们小区高档才会有它，我也是第一次见。"

"这算杂草吧，不知道怎么留下的，被绿化维护的工人看到，估计会拔掉的，真可惜。"朱洋洋忍不住摸了摸萝藦的果实。

曲瑶瑶也走上前去摸摸那萝藦的果实，不光滑，有小凸点。

"小心，它的汁水沾在衣服上很难洗的。"朱洋洋解释道。

"你居然连这个都知道，厉害厉害。"曲瑶瑶觉得不可思议，路上那些常见的植物，她都不认识几种。

"人家可是植物小达人呢！"林田恍然大悟，想起朱洋洋草稿本上各式各样的植物素描，"喔喔，难怪你本子上那么多植物画。"

"是啊，不让我妈看到就行，这些都是不务正业。"朱洋洋说着，咧嘴无奈地笑了笑。

"你以后要当植物学家啊？"曲瑶瑶问。

致青春 · 成长书系

　　"或许吧，也不当什么家，就去认识很多植物，或者自己有个小花园种很多植物……"朱洋洋又耸耸肩说。

　　"你这个男孩子很特别嘛……"林田笑着说。

　　"特别啥，特别没用吧。"朱洋洋有些难过，"上学期没考好，暑假我妈把我的植物标本册全锁起来了，好多还需要继续晾晒处理，也只能毁了……"

　　"太可惜了，怎么能这样对待一个特别的男孩子？"林田企图稍微缓和下气氛。

　　"你也是特别的女孩子啊，"曲瑶瑶说着林田，转而跟朱洋洋"炫耀"说，"你都没吃过林田做的饭，超级好吃。"

　　"啊，真的吗？那你梦想做一名厨师？"朱洋洋随口问。

　　"我吧……不晓得这算不算梦想啦，没这么说过，只是喜欢。跟你一样，都是悄悄地喜欢，不敢叫大人知道呢。"

　　林田还没说完，曲瑶瑶就打断她："可这个特别的女孩子现在有一个更具体的、更近的、更迫切的梦想……"

　　朱洋洋好奇地睁大眼睛："是什么？"

　　"变成另一个女孩子。"曲瑶瑶笑着跑开，林田在她身后追，留朱洋洋一个人疑惑地站在晚风中。

　　等两人跑累了回来，朱洋洋没追着问刚才的问题，倒是很羡慕地说："真好，你们这么亲密。"

　　"还好啦，你也有朋友啊。"

　　"我从小时间都花在练琴上，后来又花在学习上，没什么朋友。"朱洋洋捻着一片草叶子，"我也不是很想去学校，不想学习，不想那么孤单。所以，还挺感谢你们愿意给我送来资料，没想到还会有人会为了我特意来一趟。"

看着这个瘦高的男孩子，小声细气地说这些话，林田忍不住将曲瑶瑶曾对她说的那句话，又重复了一遍："以后，我们就是朋友啦！"旋即又故意补充道："当然，希望下次问你题的时候，能够耐心一点儿。"

朱洋洋不好意思地挠挠头。林田也知道，其实那次朱洋洋并非故意，很有可能是因为生病了，能给她写下那么详细的步骤，估计已经是他当时最大的耐心了。看过夕阳，朱洋洋将林田她们送到小区门口。

林田没忘秦老师的嘱托："朱洋洋，你好好休息，等休息好了，记得来上学啊，我的数学可还有不少问题要咨询你的呀。说好了，我们可是朋友了哈。"

朱洋洋的眼睛有些红，仰仰头，和她们道了别。

可接下来几天，朱洋洋还是没来上学。林田想，估计还得多去看看他，让他散散心。

又到了周五，林田和曲瑶瑶想到一个好主意——叫上罗晨一起去看朱洋洋。前段时间，罗晨也有些消沉，要是无法参加"后浪杯"青少年足球联赛，他成为渝城C罗的梦想估计要止步于此了。好在最后教练还是给了他一个机会，他更是没日没夜地练，以至于教练都勒令他休息几天。最多就是林田跑步时，他也跟着跑两圈。

想着朱洋洋平时在家待得闷，也不运动，干脆就叫罗晨带着球，他们一起玩。她上网查了，了解到朱洋洋这种情况需要多运动，于是就"求"罗晨一起来。

"好吧，看你给我买了大半学期的早餐，我就勉为其难地答应了，以后的早餐可要继续买啊……"罗晨故意表现得心不甘情不愿。

在朱洋洋家的小区球场上，四个人踢着球，朱洋洋的神色更是活泛了

致青春 · 成长书系

不少。大家都玩得起劲时，罗晨免不了炫技，跳起来勾起球，往前一踢，那球仿佛是一颗流星，冲着朱洋洋就直直地飞奔而去。朱洋洋甚至都没来得及躲闪，而是本能地用双手去挡，可力道不对，还失去了平衡，手慌乱地撑着，一下坐在了地上。

大家赶紧跑过去，发现朱洋洋的双手都红了，甚至还有点儿肿。

林田赶紧说："哎呀，人家朱洋洋这手可是拉小提琴的……"

"没事儿，没事儿，反正现在都不当专业了。"朱洋洋并未因此不高兴，反而用脏手擦着自己的脸，瞬间脸也花了。林田想，要是被他妈妈知道，可了不得了，人家不当专业，也可以走个特长生的。她瞬间对今天的这个决定有些后悔。

罗晨也跑过来一看："哎呀，这种小伤，没事儿。"转而对林田说："怎么啦，拉小提琴的手就娇贵吗？我不仅有渝城C罗的脚，我还有弹吉他的手呢！"说着就比画着弹吉他的动作。

"你会弹吉他？"林田问。

"对啊，很奇怪吗？"罗晨说，接着又想炫耀一番。

林田按住他挥舞的胳膊，忽然反应过来："啊，朱洋洋会拉小提琴，罗晨你会弹吉他。"林田又转向曲瑶瑶："你会不会什么乐器……"

"我啊，就小学学过一阵横笛……"曲瑶瑶不解林田在问什么。

"太好了，太好了！"林田绕着球场转。她这是跑步久了，已有种身轻如燕之感，一边跑一边吼着说："你们仨就会三种乐器，那岂不是再找人，或不找人也行，我们就可以成立一个小乐队了，去参加艺术节，然后……"

林田没有说的是，然后冲进决赛，她就可以向父母证明自己也是有艺术细胞的。而且人多力量大，还能想想别的招，最好还能将常年拿艺术节冠军的斐然比下去，那样就更完美了……可她没好意思当着这么多人的面说这点心思。

其他三人看她"发疯"了一样，齐声问："那你会什么？"

这可就尴尬了，林田结结巴巴地说："我就……知道你们会这样问我。"

"那不废话吗？"除了朱洋洋，其他两个人齐声说。

"我现在还不完全会。但是，我想了，只要找到了，我可以去速成……"林田说得也没有底气。

"速成什么？"朱洋洋问。

林田绞尽脑汁想，身边的人会乐器的除了弹钢琴的斐然，自然是不能找的。还有就是杨婆婆，她听过杨婆婆拉手风琴和二胡，手风琴那么大，键又多，学一个月肯定不行，那就二胡吧，就两根弦，而且外公在世的时候还教林田拉过一阵，基本的音会，但也仅此而已。

"二胡，我楼下有位特别厉害的婆婆会拉二胡。"林田佯装很笃定地说，心想：怎么着也要拉你们一起跟我上贼船。

"你确定一个月能成？"曲瑶瑶问。

"我觉得……可以。"林田说完也在心里骂自己，现在脸皮可真厚，她心里也没啥底，赶紧找补，"这不还有你们嘛，我只要学会最简单的，音准对，不拖你们的后腿就成……"她看过之前夏雨欣、林羽墨、蒋兰兰等人组成的小乐队，比如夏雨欣弹琵琶，林羽墨敲扬琴，蒋兰兰也只是充当"打边鼓"的角色。她想，自己勉强学会二胡，也可以作为最小的角色加入乐队，也算是参与了嘛。

"或许……可以换个形式。"罗晨好心提醒，毕竟这次艺术节学校说的是"创新点燃每个人的梦想"，意思应该就是不要局限于像上次那样只是以唱歌、乐器演奏为主的艺术节。

"不不不，我就要——艺术。"林田说得笃定，心想要不是艺术，怎么能和斐然一样呢，然后转向朱洋洋，"朱洋洋，你能不能早点来学校啊？你要能来，我们就成功了一大半……"林田做祈求状。

"哈哈哈哈，不过，人家朱洋洋独自去参加，拿奖的概率更大吧？"曲瑶瑶调侃道。

"这……也是。"林田刚燃起的希望又破灭了。

"不啊，我要来，我和你们一起参加啊。"朱洋洋很笃定，毕竟这几日林田故意借拿资料给他，让他能暂时脱离妈妈的视线，他也很感激，"但就是不能让我妈知道我花太多时间在那上面，毕竟现在她觉得这些与学习无关的都是浪费时间……"

"太好了，太好了！"林田拍手称好。

那天从朱洋洋家离开后，曲瑶瑶问林田："你这是为了让朱洋洋来上学想出来的'苦肉计'？你怎么突然想去参加艺术节啊？"

"是，也不全是。我确实也想参加艺术节，正好也能救学霸于'水火之中'，一举两得。至于我想参加艺术节的原因嘛，不就是想要改变吗……"林田没给曲瑶瑶说的是，参加艺术节可以让她在成为"斐然"的路上又前进了一步，也离成为真正的"月亮"又近了一些，哪怕光暂时微弱了一点儿。

果然，没过两天朱洋洋就来学校了。其实他早就可以来学校，只是之前没什么动力，现在既然答应林田了，也就先来试试。秦老师将他喊到办公室聊了半小时，确认他情绪稳定、身体舒适后才放心。

为了让秦老师更放心，他还说自己要参加艺术节。

"独奏吗？"

"不不不，和林田他们一起。"朱洋洋连忙说。

"这林田以前还真没看出来啊，还有不少才艺呢。"秦老师说，"要是你们都不错，干脆加入夏雨欣她们嘛，那样或许效果也不错，进决赛的概率更大。"

"不了，不了，我们已经有几个人了。夏雨欣她们应该已经成型了，我们再去也不合适。"朱洋洋笑笑，没好意思说自己速成团队的事儿。

见朱洋洋从秦老师办公室出来，林田赶紧迎上去跟他说了一个想法。

"我还想了一个绝招，我们就叫'小星星乐队'。"林田悄声说，"我们就演奏《小星星》，以及简单的《小星星变奏曲》，然后乐器合奏、独奏，我们穿着星星服装……"

"想法倒是好，只是《小星星变奏曲》并不简单……"朱洋洋解释道。

"有什么想法，你一定要说，你肯定是最专业的。"林田说完就把参与乐队的几位同学都叫了过来。除了朱洋洋、罗晨和曲瑶瑶，林田还找到了王贝贝，那是因为她看到王贝贝的书包侧面一直插着一支竖笛，像是装饰一般，从没拿下来过。林田主动问她愿不愿意来，王贝贝很意外，但很乐意加入。罗晨也介绍了吹长笛的卫星一起来。林田不禁感叹，同学中间可真是卧虎藏龙啊！

面对林田的提议，朱洋洋说："我也不专业的，先按你说的来。把乐器练熟了，如果再换歌，到时候换成大家熟悉的简单的歌，比如《蜗牛》。我们先独自练，等到了下周我们就在学校合练……"

"好，好！"大家也纷纷赞同。

杨婆婆在家拉二胡时，林田还拿过来玩过，当时也没想着认真学。林

致青春·成长书系

田想二胡就两根弦，现在去求杨婆婆紧急教自己一个月，拉好最简单的曲目去参赛总没问题吧。

那天从朱洋洋家回来，林田就去找杨婆婆。杨婆婆很是乐意，毕竟林田教她英语，她教林田拉二胡，正好扯平了。

可当听到林田说自己是为了参加新年艺术节时，杨婆婆点了点她的额头："你个小鬼，上次就跟你说努力做事儿不能这样急功近利，现在怎么又这样……"

她跟杨婆婆说，之前努力20天就想要成绩突飞猛进，成为"黑马"，那的确是急功近利，但是自己确实因为努力没有退步，物理成绩也不错，"证明正确的努力是有用的，况且，所有乐器中只有二胡我之前接触过，比其他的好下手……"

"那不正确的努力呢？"杨婆婆饶有兴趣地问。

"也不能说不正确，有的努力只是时机不对，比如物理老师，他说自己的确是在想法不是很成熟的情况下，硬要实行这样一种教学，很多同学都没适应过来。但他说，通过这次失败总结了经验教训。而瑶瑶是努力的方式不对，但我去帮她找各科老师指出问题的时候，也取到了自己的经，这也属于主动努力的附加收获。"

"很好啊，小林田都总结得头头是道了。那朱洋洋呢，他好点了吗？"

"朱洋洋的病看起来还算比较轻微，从学霸到不想上学，他是觉得自己的努力没有意义，是他妈妈要求得太高了，再努力也达不到。但其实他自己很喜欢各种花花草草，梦想是当一名植物学家。我劝他来学校参加艺术节，肯定有我的私心，他学了很多年的小提琴，要是能来和我们组队，我就成功了一大半。而且和同学一起参加活动，估计他也能开心些。"

"那倒是。咦，你这么努力要去参加艺术节，学二胡，是为了什么？"

"这个嘛……我不是要努力改变了吗？我想要成为像斐然那样的人，除了成绩要抓紧，艺术上也要好。我要是参加艺术节成功了，至少能向父母证明，我也是有这方面潜质的，只是之前没有好好开发。我不知道这是不是您说的努力的最终意义。"林田试着问杨婆婆。

杨婆婆略有些无奈地摇摇头，"成为斐然就是你的梦想啦？"

"这……"

看林田答不出，杨婆婆笑着说："好吧好吧，我先教你，但我可不保证你一个月能学到什么程度……"

林田赶紧点头。

杨婆婆很有耐心。她从二胡的基础知识讲起，林田端坐在一旁，一边认真听着，一边记笔记。显然，二胡入门讲究比她想象中难，她才搞懂基本的原理就快夜里10点了。杨婆婆催她赶紧去睡觉。接下来的一周，一放学回家，林田就去杨婆婆家学二胡。起初，她以为就两根弦很简单，可哪知道，那两根弦就是不听使唤，居民楼里始终回荡着锯木头的声音，音符与音符之间完全不连贯，就像是孤零零的小豆子一颗一颗地撒在地面上。

一周后，当他们一起在学校的小音乐室排练时，其他人都能用乐器弹奏出完整的乐曲，而作为组织者的林田才刚刚摸索出怎么正确地使用二胡，发出的声音不仅没有美感，甚至都不在调上。而她一旦停下，其他几位同学配合起来，倒是能让人感受到音乐的魅力。

"这肯定不行。"朱洋洋率先否定了，"要不，你唱歌试试？"

其他人也点点头。大家重新开始演奏的时候，林田随着音乐唱起《蜗牛》：

"该不该搁下重重的壳，寻找到底哪里有蓝天，随着轻轻的风轻轻地飘……"

可没唱两句，音调是真不知飘向何方了。

"你这调也走得太离谱了！哈哈哈哈，你们再练练，我踢球去了，等你们想好办法了再和我说。"罗晨笑着拎上吉他就走了。曲瑶瑶、朱洋洋、王贝贝以及吹长笛的卫星没说太多，但各自的表情也是五味杂陈，以为林田张罗这个事儿，怎么着本人还是该靠谱来着。

林田也感受到伙伴们的这种心情，很是挫败，再次说："还有十多天就初赛，我加紧练习，大家相信我啊。"

林田回到家，按照杨婆婆说的办法："首先要学拉空弦，要求是弓要呈水平状态，弓要拉满，尽量避免噪声出现，拉的时候呈外伸状态，推的时候呈内屈状态。指法练习完，然后再换调练习、换把练习、弓法练习等，要多听曲子，加强对二胡的理解。要通过多次的练习，训练耳朵的灵敏度，从而达到好的音准……"

林田依葫芦画瓢，全身的每一处关节却都僵硬着，还僵硬着用力。

杨婆婆又说："放松是练琴过程中最重要的一步。双臂宛如自由落体般降落在弦上，得到全身心放松的同时，清脆透亮的音色完美呈现……"

林田又调整一番，还是僵硬得像不协调的机器人一样，拉出来的声音依然与锯木头的声音没什么两样。

杨婆婆又说："你用耳朵仔细听，慢慢来，每个音你都要仔细听，形成肌肉记忆……"

林田确实听了，也都按照杨婆婆说的做了，但不知为何，就是拉不好。每次杨婆婆都不甚满意，后来也忍不住说："林田，其实也可以不学的，每个人的天赋可能都在不同的领域，换其他的参加艺术节吧！或者这次先不参加，学乐器哪能速成……"

林田虽然有些沮丧，但还是说："我再试试吧。"心里却想的是，怎么人家斐然就能弹得又好、唱得又好，自己唱歌跑调，乐器连最简单的都上不了手。

眼看着离艺术节初赛越来越近，林田心里也越来越慌，她不仅拉不好《蜗牛》，连《小星星》都毫无节奏可言。到了周五，离初赛就剩一个周末了。和小组成员再次练完后，感觉自己拉的还是那个最不和谐的音调，林田说："唉，要不我退出好了，你们去参加。"

大家面面相觑，不置可否，还是朱洋洋说："既然还有一个周末，我们再试试，不行再说吧。"

知道妈妈本周末不回来，林田对小组成员说："要不，周末来我家吧，家里没人，我们再试试。"大家对对时间，约到了周六下午。

林田也将这个消息告诉了杨婆婆，杨婆婆说："正好，都十二月了，我本来准备试着给我儿子做菜，周六晚上就让你的小伙伴来家里吃饭吧。"

林田点点头。

杨婆婆看她一脸沮丧的样子，眼中闪着光说："同学们好不容易来一次，你也给他们做个拿手菜呗！"

"可我还要抓紧时间练二胡呢！"林田撇撇嘴。

"你做最熟悉的拿手菜嘛，给同学们尝尝，你之前不还说很愧疚让大家陪自己练这么久，就当感谢他们了呀。"杨婆婆继续鼓励她。

林田想想也是，就点了点头。

"有要买的菜和调料跟我说，我一并买了。"

林田想了想说："除了回锅肉，我还想给大家做秘制梅子酱排骨，除了排骨，其他的家里都有。"梅子酱是今年春天她跟着杨婆婆做的，选取新鲜的青梅，去核腌制后，再放入锅中小火熬制。

到了周六，一大早杨婆婆就送来了上好的小排，再次叮嘱林田小心用火。林田熟练地给排骨焯水，放入姜、蒜、洋葱爆香的锅中，再用滚水煮上一小时，再捞出，油炸至金黄，再放入由梅子酱、老抽、白糖等调料炒香的锅里，收汁入味，一气呵成，香气扑鼻。梅子酱的酸甜配上软糯脱骨的排骨，简直叫一个人间美味。而做这道菜时，那些"适量"的调料、"合适"的火候等，林田基本能准确地把握。

林田忍不住感叹："我真是个天才！"不过很快又叹口气："唉，要是拉二胡也像做菜这么简单就好了……"

到了下午，看着从各处赶来的同学，为了自己这个"走调大王"的乐队梦，林田几乎是一刻也不敢放松，一遍又一遍地练。可练了一下午，跟在学校一样，效果依然欠佳。然而，只要她停止拉二胡，其他几个人的乐器就很和谐地融合在一起，对比愈发鲜明。

"唉，还是你们组队吧。"林田沮丧地说，觉得二胡的弓根本不听她使唤，而每个音符都像是与她有仇一般，总和她保持距离或故意变形，始终不出现在琴筒中。

曲瑶瑶忍不住安慰她："没事儿，你也才学，或者我们等明年一起参加吧……"毕竟最想组这个小乐队的人是林田，因此罗晨和朱洋洋也认同曲瑶瑶的话。后来加入的卫星和王贝贝也一样，都说既然林田不参加了，他们也认为没必要继续。

林田撇撇嘴，眼神里满是感动。这时，杨婆婆在楼下喊她，她调节了一下情绪。

"田田，再过一阵就可以让同学们下来吃饭了。"

"好的，谢谢杨婆婆！"林田兴致不高地回答。

"哈哈哈哈哈，就等这时候啦。"罗晨第一个放下吉他，跑到房门处穿好鞋。邀请同学们来的时候，林田就说了楼下杨婆婆的故事，还给大家渲染了一下杨婆婆做饭有多好吃，生怕同学们会因为只是单纯来"陪"她练习而不太愿意来。没想到的是，大家都那么善解人意，不仅愿意来，还愿意陪她"胡闹"一下午。可自己这样子初赛肯定就被刷下来，谈何在决赛遇到斐然，然后赢她。关键是真对不起大家，吃完这一顿就解散吧，自己是毫无艺术细胞的人，注定无法做一个像斐然那样能在台上闪闪发光的人，还是先搞好成绩再说吧。

其他人都是自来熟，已经纷纷先跑到楼下杨婆婆家了。曲瑶瑶留下来陪林田稍微收拾下，正准备走，才想起灶台上的两口锅，一个装着待起锅的回锅肉，另一个砂锅里就是梅子酱排骨。曲瑶瑶赶紧去端，忍不住打开闻了闻，还有余温，说："田田，这也太香了！求你了，拉什么二胡嘛，当大厨多好……"

"哪壶不开提哪壶！"

林田撇撇嘴，还沉浸在乐队大概率要解散的难过中，曲瑶瑶做了个闭嘴的姿势，端起砂锅走在前面，林田拎着饮料走在后面。打开门后，乒乓冲她喵喵叫，估计它和杨婆婆都好久没见过这么多人了。先下来的同学已经热闹地忙成一团了，擦桌子的、摆筷子的、摆碗的，大家都围着那一桌子菜垂涎欲滴。

杨婆婆家很久没来过这么多孩子了，她脸上堆着笑："孩子们先坐一会儿，再炒两个青菜就好了。"

眼看着还有一阵才开饭，大家都没闲着。男生们拿抹布把杨婆婆家的纱窗都擦干净了。当然，大家都小心避开了杨婆婆贴的英语小纸条，纷纷下定决心，回家也要到处贴。

看着一道道菜端上饭桌，几只"馋猫"都围着桌子转，不停地咽口水。杨婆婆招呼大家赶紧坐下吃，不用拘束。大家坐好，像是嗷嗷待哺的小燕子，一定要等杨婆婆端上最后一道清炒菜心，才拿起筷子。

可刚等大家咽下第一口吃食，林田就清了清嗓子，站起来说："今天很感谢杨婆婆做这么一大桌子菜，还感谢我的小伙伴们从各处赶来陪我练习。我想好了，我决定退出这个小乐队。你们一定要继续，现在放弃很可惜的。没有我，你们应该更容易通过初选的。"

"田田，先吃饭，先吃饭，不差这顿饭的时间。"杨婆婆嘱咐道。

"田田，你不参加，我也不参加，本来就是为了一起玩。"曲瑶瑶说完拉林田坐下。

其他人都纷纷放下筷子说："你这个组织者都不参加了，我们也不参加了。"

"先吃饭嘛，不要浪费杨婆婆的一番心意。"罗晨说。然后，他又对杨婆婆的厨艺进行360度夸赞。尤其是杨婆婆做的卤味，那真是闻着香，吃着软糯，特别是猪手，几个孩子一人抓着一块，完全不顾形象了，纷纷嘟囔着嘴，忍不住说："杨婆婆您这卤味也太好吃了吧。"

"是我吃过最好吃的。"

"好吃疯了！"

杨婆婆听着大家的赞美，也乐开了花，热闹的气氛将小屋烘托得热气腾腾。只有林田坐在一旁神色有点儿落寞，杨婆婆发现了，就低下头悄声对她说："你看同学们多好啊，要开开心心吃饭，有这么一帮朋友不比参加一次艺术节好啊。"

"可是……"林田点点头，又摇摇头，"可是这样就意味着我成为斐然的可能性几乎为零。"

"为什么一定要成为她呢？"杨婆婆的声音有点儿大，其他狼吞虎咽的小伙伴都停下来了。

"我……"林田一时语塞。

大家这才从林田支支吾吾的解释中了解到，原来，她如此想参加艺术节，并不是真喜欢成立什么乐队，也不是喜欢拉二胡，只是想要向父母证明自己也能和斐然一样有艺术细胞。

"啊，就为这，你为什么一定要成为别人啊？"罗晨这种我行我素惯了的人，完全不能理解。

"我……你不懂啦！"林田没好气地说。

"罗晨说得对，你为什么一定要成为别人呢？"杨婆婆摸摸林田的头，随后又夹起让大家惊艳的梅子酱排骨说，"这是我们田田做的，你哪里差了？"

"这是你做的？也太好吃了吧……"朱洋洋瞪大了眼睛。

"这回锅肉也是哟。"曲瑶瑶将回锅肉的盘子也往前推推。

"哎呀，这就是闹着玩的，哪儿比得上你吹横笛。"林田摊开双手，"为什么有的人的手天生就是弹钢琴、拉小提琴的，我的手就是做饭的？人家的梦想是艺术，我的梦想却不值一提。"

"林田你不能这么说，你的偶像不是秦一凡吗？你可别忘了，人家做出来的菜也是艺术品啊。"曲瑶瑶安慰道。

杨婆婆点点头，说："对啊，谁说厨艺就不是艺术？做大厨为什么不能是梦想？你这可是偏见啊。"

"你是有天赋的，你想想我小提琴老师的话。"朱洋洋挽着黑色外套说。

致青春·成长书系

"对的啊，我吃你做的菜，就觉得你是厨艺小天才，不费吹灰之力就能做这么好……我下个面都能翻车的。"曲瑶瑶不忘再补一句。

林田想，是啊，比起学习，比起乐器，做饭更简单，更得心应手，脸色不禁就从刚才的阴云密布变为晴空万里。

"瑶瑶只说对了一半，"杨婆婆看出林田的小心思，放下筷子，"你想想最好的厨师哪个不是都掌握了各种知识的，这都是需要努力的。更别提美食家，你看看历代的美食家，无论是清代的袁枚，还是……哪个不是个顶个儿的文化人，不可能不努力的。中国菜就有八大菜系，现在我们常接触的还只是川菜，而川菜还分三派：蓉派、渝派、盐帮派，每一派的特色又各不相同，就是每道菜要放什么辣椒，都够讲几天几夜了……所以不管哪行要想做得好，不可能是不需要努力的。但田田在这方面有天赋，也有兴趣，就更愿意去努力。"

大家边扒饭，边听杨婆婆讲川菜的历史。

见林田脸上的愁绪散开一些，杨婆婆又摸摸她的头说："你们这个年龄，就要靠着热情和想象力去学习知识，拓宽自己的视野，不要贬低自己的热情和任何方面的天赋哟！因为它们都会引导你们成为最好的自己。"

杨婆婆不愧是搞宣传工作的，几个中学生听得五体投地后，又如小鸡啄米般点头。

"我们到这世上来，就像进了游乐场一样。或许有人玩不了空中飞车，但地上的赛车他玩得好；有的人怕水，但是他可能不怕老虎……所以，我们每个人都是不一样的，每个人都有自己的特殊技能，运用这些技能去解锁一生的乐趣，要珍惜自己'地球一生游'的特殊门票啊。"

"啊？"大家齐刷刷地停下来，"'地球一生游'的门票……"

"是啊，仅此一次，一定要玩得尽兴。最好的办法就是找到自己所热爱的事情，在感兴趣的领域会愿意花比别人多几倍的时间去做，或许就是这张门票的特殊之处，老天爷给他的天赋或许就在这里了。所以，我觉得田田不要贬低自己的兴趣，你们谁也不要贬低自己的兴趣，那可能是你那张门票给你最大的指引和暗示。"杨婆婆再转向林田，"所以田田，你说的那位斐然同学肯定很优秀，但你也有你的优秀，况且，不要以为厨艺就那么简单，任何事情要想做到顶级可都不容易。"

林田点点头。

"杨婆婆，您该不是秦老师派来给我们上班会课的吧？"罗晨率先打破气氛。

"哈哈哈哈哈，人老了，话就多了，是婆婆多嘴了，先吃饭，先吃饭。"杨婆婆招呼着大家吃饭。

"没有，没有，我愿意听您说，但我突然也想到一个问题。"难得看到罗晨这么严肃，"那如果确实有兴趣，但又做不到顶级呢？就像我说自己是渝城C罗，但我知道自己的天赋和能力跟同年龄段的他是没法比的。也就是说，其实我这辈子都成不了C罗，成不了顶级球星，那怎么办？"

除了罗晨，其他人也若有所思地点点头。

"反正都多嘴了，婆婆就再多几句嘴。一是世上这么多人，又有几个你说的那个C罗呢？二是不如C罗的人都很失败吗？三是你在踢足球的时候快乐吗？"

一连几个问题让一向口若悬河的罗晨哑了，张口结舌，说不出话来。

"当然，我们肯定承认每个人的天赋、能力都有区别，有高低。因此不是所有人都能达到所谓的行业顶级，哪怕跟你那个C罗天赋差不多的人，或许因为际遇不同也没能成为C罗。但那些不如C罗有名气的人，因为对足球的真正热爱，而全身心地投入，用尽全力去努力，那份真正的快乐是相通的，也一定能得到超出预期的收获。那这样的人就算是真正充分体验了自己'地球一生游'的特殊门票，有且只有一次的门票。"

杨婆婆这番话像是在演讲一样，罗晨听完不停地鼓掌。

"比如，再过一年，你们就中考了。你们当中，也许有的人会去读重点高中，有的会去读普通高中，甚至可能有人要去读职高。那么，除了去重点高中的人，莫非其他人都失败了吗？都不需要努力吗？我们只需找到兴趣，跟着兴趣，成为最好的自己，而不是总和别人比较，因为永远都是比上不足比下有余。斐然在这个学校优秀，放到整个区、整个市呢？那还不如就跟自己比。"

大家面面相觑，都朝林田看。

"而且这'地球一生游'的门票是你们自己的，不是其他人的。你们去努力，不是为了父母，不是为了成为别人，而是为了自己。学习是必须的，只是如果承受不住父母的压力，要好好沟通，但不能说不学了，因为只有在学习的过程中，我们才能更好地了解自己，找到自己更有热情与天赋的事儿。"

朱洋洋若有所思地点点头，大家也都在思考杨婆婆说的"地球一生游"门票的话。饭桌上只剩下狼吞虎咽的声音以及杨婆婆的话："不上思想教育课了，大家快吃，快吃！"随后还用手轻轻拍拍林田。

林田一边吃，一边想，杨婆婆的良苦用心她感受到了，也听进去了。若要成为"月亮"，也要成为独一无二的月亮，发自己的光，而且不贬低自己的任何热爱。或许，只有热爱才能汇聚成熠熠生辉的"月光"。

突然，林田想到一个主意，在脑子里过了一遍，待大家吃得差不多时，她说："我知道怎么去参加艺术节啦！"她双手摁在桌子上，激动得连桌子上的菜都跟着抖。

"吓死我了。"曲瑶瑶夹起的卤鸭翅差点儿掉下来。

"快说，别卖关子了！"罗晨催促道。

林田绘声绘色地给大家讲了她的计划，说了好几分钟："……总之，我们可以以音乐＋美食的模式……就是要让'林中曲'在艺术节上试营业。"

看着大家惊叹的眼神，林田回过神来，还抱有歉意地说："当然，前提是大家愿意陪我这样玩。"

大家听了，先是一惊，然后纷纷表示赞同。

"啊，感谢老天，终于不用忍受你的音乐，只用享受你的美食，没有比这更好的啦！你可中断很久我的早餐啦。"罗晨调侃道，"我还可以在旁边给你颠球。"

"好呀，好呀！林田，我一百个支持你，这才是真正的'艺术节'嘛。"曲瑶瑶拍着手说。

"对的，我也觉得可行。其实我们这几种乐器着实不太搭……"朱洋洋满脸是松了一口气的表情，总算把憋心里许久的实话说出来了。

"你你你……你怎么现在才说？"林田佯怒。

"嗯，我也这么觉得，朱洋洋说得对。"曲瑶瑶补了一句。

"我也是……"

大家纷纷附和。

林田丧着脸说："原来你们都……"真是既好气又好笑，当然，林田更多的还是感动。

"哈哈哈哈哈哈，陪你玩嘛。不过现在好了，各司其职，发挥最大的潜能。我突然对进决赛有了一点点信心，"罗晨低头看自己啃完的一大堆排骨，"看来不止一点儿。"

杨婆婆也跟着哈哈大笑起来，她的良苦用心总算是起作用了。她也想，要是当年的自己也能想明白"地球一生游"这个道理，也能温和地讲给小进听，能尊重小进的选择，呵护他敏感的心，或许小进也不会和自己隔膜那么久吧。

饭后，等小伙伴们都走了，林田留下来和杨婆婆一起收拾碗筷。一个留守小孩，一位留守老人，在哗啦啦的流水声中竟然沉默了几分钟。

待收拾得差不多，林田对杨婆婆说："婆婆，今天真的谢谢您，辛苦您了。"

"我是觉得田田可以有自己的梦想，可以做得更好，也可以过得更快乐一些。"杨婆婆一边收拾台面，一边又望望窗外，"婆婆家里难得这么有生气，以后要常来啊。不过，最近不行了……"

"呀？"

"我儿子他们不回来了，他临时有工作，假期也回不来。"

"啊？你准备了这么久。"

"别扭了这么久，婆婆看着你和爸妈之间的心结，看见你这么努力想要去修复你们家的关系，我也想明白了，每个孩子长大都不容易，小小的人儿面对这个大世界，每走一步都不简单。甚至可以说，长大就是一个受伤的过程，而受的伤有不少还是父母无意中给的。我觉得作为家长也该努力一把，不能总抱着家长那点'自尊'，放不下面子服软，哪怕这么多年了，也该去正视问题，而不是逃避。不然，小进的心结解不开，我都怕会影响孙女的教育。"杨婆婆说完自己笑起来了，"你都不知道那小家伙有多可爱。我决定了——他们不回来，我就自己去美国见他们。"

"哇，这么棒！"林田完全没想到杨婆婆会做出这个决定。

"小林田都这么棒，能充满勇气做这么多尝试，婆婆也要有勇气。其实，我儿子之前也叫我过去，是我心里一直别扭，而且也仗着不会英语，就干脆不去了。现在托你的福，学了几个月英语，虽然还是一知半解，但起码自己不怵了。这就是好的开端，Well begun is half done（好的开始是成功的一半）。"杨婆婆一脸喜气，虽然发音还带着渝城味儿，但是敢说出来，就真是成功了一大半。

"真替你开心！"林田说，然后挽着杨婆婆的手，"我很舍不得您，这几年多亏有了您，不然我……"林田说着眼圈也红了。

"小林田现在有了这么多勇气，也有这么多朋友，婆婆替你开心，这几个月田田变化这么大，最困扰你的事应该也能解决。婆婆到时候可要打越洋电话问问你，爸妈的事儿解决了没啊。你看看婆婆都是在你的鼓励下迈出这一步，你也一定要加油哟！虽然婆婆也可以帮你，但如果这一步是你自己跨出去的，对你来说更有意义。"杨婆婆脸上的皱纹都充溢着幸福，想着她要走了，林田很舍不得。之前，杨婆婆听了她的苦恼，还想着去找找林田爸妈。林田本能地拒绝了。

"会的，我会自己迈出那一步的！"林田笃定地说。杨婆婆召集这次聚会的真正用意，其实林田已经懂了。

收拾完，杨婆婆把自己的老卤以及做法清单都交给了林田，还对她说，等她走了之后，麻烦林田定时来喂喂乒乓："如果到时候我不常回来，它就交给你了哈。"杨婆婆抱起乒乓抚摸着。

"一定会的。"林田摸摸乒乓，这几年小猫也早成了她的家人。况且，因为它，才有了与杨婆婆的这份缘分嘛。

林田回到家，冰好老卤，把杨婆婆写的清单卡在自己的《林中曲美食秘籍》里，记下了杨婆婆的"卤味全家"。

菜名：**杨婆婆的卤味全家**

故事：这道菜来自楼下的杨婆婆。这两年，我与她有种相依为命的感觉。她要去美国找她儿子了，她说和儿子僵持了十几年，是我与爸妈的事儿，让她意识到自己其实完全没必要非得一直僵持于现状，完全可以往前走一步。她不仅在生活上处处关心我，也教会我很多做人做事的道理。尤其是她今天组织的这一场饭局，让我卸下包袱，也让我知道要珍惜自己"地球一生游"的独特门票。每个人都有自己的天赋，也都有自己的热情所在，只有成为自己，才真正值得拥有这张门票。

"斐然纵然是月亮，但我也可以努力先攒攒自己的光，做自己的月亮。"

合上笔记本，林田突然感到一种从未有过的轻松和舒畅。

八、月亮也不过是一颗卫星啊

艺术节初评当日，"创新点燃每个人的梦想"的条幅和彩旗飘满了校园。大礼堂外格外热闹，大家都拿好编号在一旁热热闹闹地讨论、排练，穿着奇装异服的团队也不少见，比如站在林田他们一旁的七个"葫芦娃"正在跳街舞，另一旁穿着汉服的女生们拿着笔墨纸砚……

林田他们组成了"林中曲美食乐队"，站在队伍的后面。林田今天束着高高的马尾辫，穿上了平日很少穿的连衣裙，不过腰间还系着白色围裙，戴着厨师帽，手里提着一个大型保温桶，像是给评委老师送饭的。而曲瑶瑶和王贝贝都因为乐器小，每人一手提着一个保温桶，一手抱着一堆卷成轴的海报，待会儿这可是展示给评委老师看的"利器"。卫星则扛着一面三角旗帜，上面写着"林中曲"，飘摇的旗帜像古代的招牌一样。而朱洋洋则手握着小提琴，罗晨还抱着吉他边弹边唱。

这支奇怪的组合队伍很快就引来大家的注意，纷纷打量着他们。这次艺术节，学校鼓励大家都参加，因为主展位有限，竞争特别激烈。好几队进去又出来，好像都没拿到那把参与最终评选的金钥匙。等了许久，林田他们也着急了，他们这四不像的队伍一开始信心满满，现在都有点儿低落了。

致青春·成长书系

　　总算轮到他们了，评委老师们脸上都有了些许倦意，但看到林田他们的造型，瞬间就来了精神。坐在一旁负责主持的张老师问："我看你们的报名材料写的是'林中曲美食乐队'，你们打算怎么做……"

　　大家互相看看，都盯着林田，林田也示意王贝贝和曲瑶瑶一起，将四个保温桶摆在了老师面前。

　　林田深呼吸，点点头："老师们好！我们是'林中曲美食乐队'。这次，我们将以美食＋音乐的形式给大家呈现味觉和听觉上的盛宴。我是负责味觉的林田，我的梦想就是做一名顶级的厨师，今天我带来的两道菜是亲手做的'卤味全家'和'秘制梅子酱排骨'。"曲瑶瑶和王贝贝走上前帮忙把盖子拧开，等保温盖一打开，香气瞬间就萦绕了整个小礼堂，几位老师互相看看，忍不住笑了。

　　"我知道或许这个梦想听起来并不高大上，但是我现在在学习之余，最有热情想要去了解的，也是我和这个世界的连接……"

　　这时团队的每一个人都放好乐器，拉开一张海报，海报上都是《林中曲美食秘籍》里的食物和林田改写的与食物相关的小标语，这些标语里都充满了故事，与此相关的人都能明白，与此无关的人也都能共情。

　　几位老师都站起身来，饶有兴趣地看起来。有关鬼包子与同学们的——"青春短暂，就像只卖一小时的鬼包子，但是有你们一起分享，短暂的青春，却能丰盈，充满味道。"

　　也有杨婆婆与麦酱的——"纵然隔着千山与重洋，但食物却像是一位能穿越时空的信使，将母与子的心，过去与未来的困惑与爱，来回传递……"

　　当然，也有光头大叔与泡菜的、斐然与酸甜脆皮鱼的……

　　"我很感谢小伙伴们，为了鼓励我，成立'林中曲美食乐队'。为了保温，我们到时候会在食堂前面的小广场演出，也将售出今天向老师们展示的这几道菜。"这是此前跟秦老师说了想法后，秦老师帮忙沟通的，那个地方能接食堂的电，也有坐的位置。

几位老师都点了点头。

其中一位看着很严肃的老师发话了，其他人都安静下来："我们这一届的艺术节就是鼓励大家勇敢追求自己的梦想，所以林田同学不可以说自己的梦想不高大上，而且要想做到顶级的厨师可不是那么容易的。我知道有位法国的主厨，他还是化学家，他与另一个对美食也很有热情的物理学家开创了分子美食。他们还对两万个烹饪窍门进行科学验证或解释，他的角色有点像神农尝百草一样，或像李时珍一样让中医走向理性和科学化。他甚至还说过，可以将一只鸡蛋的蛋清打起泡到一立方米那么大……"

林田听得津津有味。这和杨婆婆说的一样，其实成为哪行顶级的人都不容易，不仅需要热情，还需要持之以恒地学习，她现在明白这个道理了。尤其是在做菜时，才发现自己懂的连皮毛都算不上，充其量只能算是玩票，若要成为像秦一凡那样的大厨，未来的路还很长。

"所以，希望林田同学再接再厉，好好学习，有一天成为中国最棒的女厨师。"严肃老师发言后，其他老师都赞同："是的，是的。"

林田既欣喜又激动，但大脑一片空白。

这时张老师才说："林田同学，我们郝校长都说了这么多，你都没打算带筷子让我们尝尝未来中国最棒女厨师的手艺？"原来那位严肃老师是这学期新来的校长，以前听过校长讲话，但是基本没记住他长什么样子。

罗晨这才反应过来，他提着的纸袋里有一次性盘子和筷子，于是他分发给各位老师。随后，待老师们吃得津津有味的时候，几位同学奏起了音乐。

致青春 · 成长书系

　　看老师们满意的样子，林田心花怒放，能猜到评委老师们是会给他们一个艺术节的参赛编号的。果不其然，郝校长站起来递给林田一把手掌大的金色钥匙："恭喜你们进入艺术节，希望这把钥匙能开启你们的新世界……"

　　大家高兴得快要蹦起来。

　　"我就说你能行的嘛。"

　　"谢谢！"林田转过身，"也谢谢大家能陪我完成这趟美食之旅啊！"

　　"嘿！别这么说，我们到时候可都是要入股的。"罗晨说。大家都笑了。

　　"对啊，我们都是朋友啊。"朱洋洋挠挠头说。

　　"嗯，我也是其中一员嘛。"王贝贝说。

　　其实，这段时间，大家都因为有林田，世界里多了一丝亮光，大家自然也是愿意成全她这个小心愿的。况且，真正的朋友也真的会为对方的热情、梦想而感动。

　　渝城连着下了好几天雨，到了新年艺术节那天，地上虽遍布着小水洼，但天空已经放晴。食堂门前的小广场上，高高的洋槐树叶漏下斑驳的影子。在"林中曲"的旗帜下，朱洋洋已经指挥着大家开始演奏乐曲。

　　林田想，果然没有自己的"捣乱"，大家的独奏、合奏是如此好听。要不是为了她，他们都可以去参加乐器组比赛了，不用跟着她在人气不甚高的生活组了。她来不及多想，就忙着将食物摆在大盘子上，师傅们已经帮林田他们搭建好台子，四个保温箱摆上大盘子，盘子里整齐地摆放着林田做的两样食物——卤味全家和秘制梅子酱排骨，当然都进行了一定的优化和调整。前一天在食堂处理的时候，连食堂的厨师大叔们都纷纷围观，做好拿给他们试吃的时候，个个都赞不绝口。

当然，林田这次沉下心了，没再飘起来。她在处理食材时，食堂的师傅们都教了她不少小窍门，她拿着本子把每一个都记了下来。她知道这不过是开始，自己现在只是循着热情去寻找梦想，也是在寻找自己。

《林中曲美食秘籍》里那些不方便展出的食物及其故事，也通过易拉宝立在了小广场边。虽然拿到艺术节参选门票的同学也不在少数，但六个年级四五千人，大家都在这一天休息，浩浩荡荡地逛艺术节。渐渐地，不知是被广场上的乐曲吸引，还是被食物的香气吸引，小广场上渐渐聚集了不少人。他们手里都有一张票，到时候就以得票的多少来评奖。

大家本来就要吃饭，又被美味所吸引，排着长队，展出的食物很快就卖得只剩一半了。吃过的同学都纷纷说："同学，什么时候你再做，我一定捧场。"

"同学，你该不会是厨神吧！"

到了中午饭点，人更多了。先是苏老师过来帮林田他们忙前忙后，只说是没想到这么快就能来给林田捧场了。林田很是汗颜，想起自己一直没机会给苏老师做一碗油泼面呢。

"不怕没机会，'林中曲'以后开业了，记得给老师打折就行。"苏老师一边搬桌子，一边说。

"那苏老师可一定要来，免费。"林田也笑着说。

秦老师还带着班里好几位同学过来帮忙，大家忙得不亦乐乎，夏雨欣和陈羽墨乐器组比赛完后，就跑到"林中曲"出一份力，加入了朱洋洋的队伍，成为露天乐队的一部分，这让之前那"中不中、洋不洋"的乐队像是一支正规军了。这时候，方圆500米的同学耳朵里听到的都是"林中曲"的音乐，鼻子里闻到的都是"林中曲"美食的味道。秦老师没说多余的

知青春 · 成长书系

话，但"林中曲"前期的食材花费、海报制作，可都是秦老师垫资的，虽然她说是用班费垫的。

看着来消费的同学络绎不绝，正演奏的小伙伴忍不住咽咽口水，在停下来的间隙问："还有我们的吗？"

林田说："当然咯！大家的我都藏在后厨呢！"声音明媚又洪亮，再不是原来懦懦怯怯的模样了。忙前忙后，还真有点未来的餐厅行政总厨的样子。大家也都在这明媚的声音中笑靥如花。林田忙着手上的活，还一直在想，今天自己在学校终于做了一次自己的月亮，成为老师和同学们都不可忽略的那一个。虽然也不是自己曾经想象中的熠熠生辉，但却有一种被认可的满足感，以及有种向上的力量在心尖勃发。这是曾经被忽略的她披着隐身衣生活在小世界里很难感受到的力量。如果说，自己以前能在小世界里自得其乐，但现在自己能有机会、有力量让更多人感受到快乐，这或许是一件更有意义的事。

"如果爸妈能来现场的话，看到我这个样子，一定会大吃一惊吧。"林田心里这样念叨，可惜是周一，她之前跟爸妈说了，两人都说不太方便请假。林田有些失望，但已经不是几个月前生日时的心态了，她已经比那时的自己更加充满勇气和自信，哪怕被拒绝，也不会第一时间否定自己。而且她也想好了，等艺术节结束，一定会开诚布公地和爸妈聊聊。

或许，很多电视剧里、书里，父母知晓孩子的情绪后都能善解人意，能循循善诱，在孩子们的成长中，每一步都不偏不倚地指导，可现实并不总是这么完美。其实，很多人的成长都是孤独而隐秘的，甚至就像杨婆婆之前说的，成长本来就是一个需要碰壁、受伤的过程。那么，不能总等着别人来"救"，更重要的还是先"自救"，只要努力地往上走，不吝自己的付出，不吝自己的沟通，就会遇到很多善良的人，遇到很多也同样能支持你的伙伴，这或许是成长中必须经历的一段路程。

经历了如此成长之路的人，应该不会被忽略，也更不会惧怕被忽略。

眼看梅子酱排骨还剩最后一份，"林中曲"小摊前的投票箱已经满了，比林田他们预想的要多太多了。正当大家准备收摊时，曲瑶瑶碰碰林田的胳膊："林田，林田，你看……"

原来是斐然挽着两位同学跑过来："田田，竟然是你啊！我就听同学说，这里有特别好吃的美食，不吃就会遗憾，我就带着同学跑过来了，没想到卤味真没了。"

除了闭着眼享受着乐曲的朱洋洋，斐然的出现让其他正卖力演奏的同学都忽然停了几秒。果然是校园里的明星人物，像是下凡来到人间一般。林田也愣了几秒，想着斐然这时候应该在乐器组比赛吧。

"斐然姐，你怎么来啦？你不是在比赛吗？"林田给斐然盛了一盘梅子酱排骨，还从留的'卤味全家'中取了一份递给她，"这份'卤味全家'是我留给另一位同学的，现在给你吧！"

"这次我都没参加啦。"斐然接过食物，凑在鼻尖闻了一下，"太香了，田田太厉害了，我可是下碗面都做不好的选手。"说着斐然也递给她的两位同学尝尝，"看看，要不是我认识田田，这卤味可就吃不上啦。"

说完，她们三人对对眼神，也把手中的票都放在"林中曲"的投票箱里。

"太谢谢斐然姐了！"林田说。忽然，林田心里一紧张，她看见斐然饶有兴致地看她的海报——海报上有一个"酸甜脆皮鱼"的宣传语，正是与她相关。虽然没提到斐然的名字，故事也简化了，但是当事人一看就知道了——像是每个人的青春里，那个让你嫉妒又羡慕的人，有不甘的酸涩，但也有向她靠近努力后的甜蜜。

林田不好意思地低下头。斐然笑着说："田田写得真好，曾经我也是这样的。或者说，很多人都一样。"

在林田的惊愕中，斐然笑着跟她挥挥手。

"哇，林田，看不出你还认识女神啊。"罗晨说。

"对啊，我们林田就是这么低调。"曲瑶瑶赶紧给她解围。

看着斐然走远的背影，林田轻轻说了一声"谢谢"，斐然没有听见。但这声"谢谢"，林田是发自真心的。这个她曾经如此嫉妒的人"空降"在她的生活中，"搅乱"了她13岁最初的那几个月，但是也让她有契机从自己的小世界里走出来。或许，她们两个人永远不可能成为密友，但也应该感谢自己的青春里有这样一个闪耀的人。哪怕只是远观，她这个"月亮"的光芒就会灼伤自己，就会让自己心底嫉妒的情绪生根发芽，但是只要深呼一口气，稍微闭上眼缓一缓，再睁开眼，正视这光芒，或许这束光能照亮寻找属于自己的月亮的路。

最终，"林中曲"小组获得523票，获得了本次艺术节的三等奖以及"最佳梦想创新奖"，而宣布这个获奖消息的正是斐然。

原来，今年没参加比赛的斐然担任了颁奖仪式的主持人，她穿得像公主一般，化着淡妆，就静静地站在那里，让人看着就觉得那么美好。这次，林田代表"林中曲美食乐队"上台领奖，站在斐然身边时，她不再自惭形秽了。她束着高高的马尾辫，戴着夏雨欣送给她的串着太阳花的发绳，虽然几个月的锻炼也没有让她瘦得如一道闪电，但背挺得直直的，不再畏首畏尾，精气神和以往大不一样。

候场时，斐然眼睛笑弯着，悄声说："恭喜恭喜，真棒！我那天吃了也是意犹未尽啊，前几天老师跟我们聊初赛的情况，还特别提到你们小组了，真是了不起呀，太有创意了……"

林田涨红了脸。斐然还教她不紧张的法宝："就当下面的观众是一片可爱的、只会冲着你笑的大白菜。"林田忍不住笑了，这是她第一次站在大礼堂的讲台上，灯光映得眼前都是白光。看着两层小礼堂里黑压压的人，她控制不住自己，身体还是微微颤抖。

斐然捏捏她的手，林田才稍微平静一点。她又看了一眼斐然，站在自己曾经想成为的"月亮"面前，林田觉得自己身上也在微微发着光了，哪怕依然没有斐然那么耀眼，她也会好好珍惜这微弱的专属自己的光芒。

郝校长拿着奖杯和证书一位一位地从右发到左，待发到林田的时候，还微微低下头，对着话筒大声讲："林田同学，要加油哟！期待我们学校能出一个最棒的女厨师。"

台下掌声雷动。舞台上的灯光很强，台下看不太清楚，但罗晨和曲瑶瑶不知从哪儿弄来的红色条幅实在太过扎眼。林田看着他们两人一人举着一边，条幅上写着"祝'林中曲'未来的行政总厨初战告捷"，而"林中曲"的其他小伙伴也都挥舞着他们的海报。班里的同学也都在条幅周围站了起来，挥手向林田祝贺。林田的脑袋嗡嗡作响，不知是怎么接过校长的奖杯的。这种情形几个月前她都不敢想象，她拿着奖杯敲敲自己的胳膊，有点儿疼，不是在做梦啊！

突然，在大会堂的入口，林田好像看见两个熟悉的身影。"他们怎么来了？明明说没时间的啊。"林田揉揉眼睛，真没看错，真是爸妈，他们在和秦老师说着什么，还时不时地朝她这边看。

刚平静下来的林田想到昨天在爸妈抽屉里发现的秘密，又有些紧张了，只好安慰自己："来就来呗，我起初不就是想让他们来吗？不就是想让他们看看不应该被忽略的林田吗？来了正好。"再深呼吸几次，林田的注意力才从爸妈那里转移到了台上的郝校长身上，"……这次艺术节的成功离不开同学们的创新与突破。那么，我觉得不只是老师来谈，还得让获奖的同学来说几句，看看哪位同学愿意。"说完，郝校长退到舞台一侧，示意得奖的同学可以上去。

显然这是郝校长临时加的环节，之前排练时并没人提起。台上十位领奖的同学都低着头窃窃私语，谁都没有往前走一步的意思，毕竟谁都没准备发言稿。场面一度有点儿尴尬，斐然在一旁也有些着急，用眼神示意获奖者，可其他人都没有回应她的眼神。直到她看见林田，就眨眨眼，做了一个"加油"的小表情。林田不知是被鼓励的，还是看到爸妈，有喷涌的话要说，克制着声音的颤抖说："老师，我来！"

郝校长看了看，笑着说："好，好！下面有请我们中国未来最优秀的女厨师来讲两句。"逗得下面的同学哈哈大笑，都鼓起掌来。

林田将奖杯和证书抱在怀里，接过话筒，深深吸了一口气，看到他们班所在的位置，罗晨他们挥着"林中曲"的小旗帜。

"首先很感谢台下的同学们，你们当中有523位投给了'林中曲'，让我们那天的活动以及我那天做的菜有了更多意义。当然也很感谢我的小伙伴、老师和同学陪着我一起完成这次'演出'。"林田说完鞠了一躬，又接着说："刚才郝校长说我是中国未来最优秀的女厨师，我很感谢他的认可。我今天想说的是，这的确是我现在的梦想，我也会为之努力。

"英才中学是区重点中学，我们当中有很多同学会升入重点高中，读到重点大学，成为科学家、医生、金融精英等。很多故事里，都是这样定义男女主角的，好像只有他们的梦想才会被称为梦想。

"但与此同时，还有一批像我这样的中等生，很可能我们只能读普通高中，念普通大学，甚至只是念高职，我们可能从事不了那些高大上的职业。我们也常常是故事里的隐身人，其实也是现实中的隐身人，既不能优秀到被人注意，也不够调皮到使人注意。久而久之，我们也会自我贬低、怀疑，觉得自己一无是处。

"可是就像我一位邻居婆婆说的，我们每一个人都手握'地球一生游'的特殊门票，只要找到自己的热情所在，充满勇气和自信，然后为之努力，就算我们曾是披着隐身衣、被人忽略的星尘，也能因为热情、勇气、自信和努力，成为发光的那一颗星，照耀着自己，也照耀着别人……"

林田一口气说完，耳朵嗡嗡作响，到后面她已经听不清自己在说什么了，只感受到全场的欢呼声。她给大家鞠个躬，在斐然的引导下下了台。末了，斐然还没忘给林田一个拥抱，说："特别棒！"

林田走下台去，远远地就看见爸妈。爸妈都是风尘仆仆的样子，估计是赶路来的。妈妈已经哭得满脸是泪，爸爸的眼眶也红了。他们抱着林田，拍拍她，那一刻她心里释然了许多。林田知道，这世上任何人都有自己的委屈，也有被忽略的时候，父母也有很多这样的时刻吧。

"爸妈，你们怎么来啦？"

"我们……"爸妈互相看看，"秦老师给我们打电话了。"

这时林田看见曲瑶瑶冲她做鬼脸，瞬间明白其中的"奥秘"了。

秦老师走过来，对林田说："小厨师，今天放你假，好好和爸妈出去玩一趟。"

林田本来还想留下来和"林中曲"的小伙伴庆祝的，但既然爸妈来了，那昨天晚上她发现的秘密就躲不开了。

致青春 · 成长书系

昨天晚上，林田给爸妈写了一封信，从那次生日会写到现在。等到准备将信放到他们抽屉的时候，发现了几份新新旧旧的离婚协议书，旧的日期已经是三年前的了，新的日期就是前段时间。她心里咯噔一下，这在意料之外，也在情理之中。比起忽略自己，她相信父母瞒她这么久，也是难为他们了，自己也忽略他们了。

她默默地关上抽屉，取出自己的信，又增加了一些话——

"……生日那天，妈妈说的那句'你要足够优秀……你爸至于不回来给你过生日吗'，我这几个月仿佛都生活在它的阴影里，我觉得是因为自己不够优秀也不够调皮，才让你们忽略，才不配得到你们的爱。我甚至都怀疑自己不是你们亲生的，是不是你们觉得我不优秀，干脆放弃我了？我想了很多办法去'突破'自己，事实上我既没能变成坏孩子，也没能成为像斐然那样优秀的人。但是在这个过程中，我也得到了很多勇气和友爱，让我知道了自己的可贵之处，也知道自己需要去付出、去沟通，我知道自己也值得被爱，值得通过努力成为自己最想成为的人，独一无二的人……爸爸、妈妈，我知道你们要离婚了。虽然我跟大多数孩子一样，也希望自己拥有一个完整的家，但如果你们想好了，我支持你们做的任何决定，我希望你们都能幸福，但不要因此让我们家像有高墙一样。我知道，成长很多时候都可能是孤独的，但是我还是渴望我的成长能有你们的参与……"

林田一家人没有出去玩，而是一起坐着爸爸的车回了家。路上，林田和妈妈坐在后排。

"我们今天接到秦老师的电话，回家换了衣服就来了。"妈妈停顿一下，"你写给我们的信，我们都看到了。"

随后，妈妈郑重地像对待家里的一分子一样，心平气和地将家里的情况给林田讲了："那段时间，妈妈心情不好，实在没顾及太多，脱口而出的话让你这么难过，妈妈正式跟你说声'对不起'。因为和你爸爸的问题，妈妈一直在选择逃避，也连着让你成长得这么孤独。你怎么可能不是妈妈亲生的呢？你看看你的鼻子、眼睛，不都跟妈妈长一个样。你还这么会做菜，肯定有妈妈的遗传嘛……"说完妈妈忍不住拉了拉林田的手。

"再会做，也是妈妈遗传的。"林田小声说，想缓解下车里凝重的气氛，"我最喜欢的，还是你做的回锅肉。"

一直开车没怎么说话的爸爸也插了一句："我也是，好久没吃了，但我现在也想试试田田的手艺啦。"

"没问题。"林田答，然后忽然想到，"爸，要不到家前，我们就拐到超市买材料吧！你们看，我折腾了这么多年，还没做过饭给你们吃呢。"

"那好呀，好呀！"爸爸从后视镜里看了看母女俩，调整了路线。

在超市门口停下后，本来说好就林田和妈妈一起去，但爸爸还是紧跟了过来。林田看看左右，已经多少年没有这样的画面了。选好回锅肉所需要的食材，爸爸还挑了不少林田以前爱吃的零食，林田又一一放回去了："我要健康成长，多吃一口这些零食，明天我的'教练'估计又要让我多跑两圈。"

爸爸这时才回过神："我就说，你好像是小了一圈……"

"好像吗？"林田噘着嘴问。

"真的，真的！"爸爸赶紧笑着补充，妈妈也忍不住笑着摇摇头。那一刻，林田想，若是一直能停留在这一刻就好了。

回到家，妈妈没再拦着林田进厨房。可当林田把食材都准备好后，她还是对妈妈说："妈妈，我还是想吃你炒的，我给你打下手。"

等到饭菜上桌，爸爸还开了一瓶红酒，给林田开了一瓶苏打水，碰杯说："我们父女俩虽然长期一起生活，但我对你的关心确实太少了。我一方面把你当小孩儿，觉得很多事儿没必要跟你说；另一方面，也有些自私，又把你当大孩子，觉得你能照顾好自己，确实忽略了你。"

妈妈接过另一杯酒，说："大人的事儿确实比较复杂。的确，我和你爸考虑离婚有一阵了，本来这阵就准备去申请了。我很难开口说是为了你，我们这么久才没离婚，这不太公平，不过……"妈妈和爸爸对视了一眼，"今天来的路上，我和你爸心平气和地聊了一下，决定我们再给彼此一个机会，如果还不成，就再说。但你放心，即便我和你爸离婚了，我们也不会犯从前那些错，一定会尽最大的努力不再缺位你的成长，我马上也要回渝城工作了。然后陪你一起中考、高考，陪你一起长大，周末我们还可以一起研发新菜品……"

"是爸爸的错，那些年忽略你，也忽略了你妈妈。"爸爸的眼角泅着眼泪。

林田仰起头控制着眼泪，望着这个她"独自"生活这么久的家，其实这些年一直摇摇欲坠，可能不久后就将真正地分崩离析了。她决定再努力一次，那些不曾说出口的话都滚到了嘴边："我心里是不想你们分开的，想让我们一家好好地在一起。谢谢你们给彼此一个机会，也给我们一个机会，看看我们能不能再努力当一次家人，好不好？"

妈妈掩着面哭了起来，爸爸拍着她的后背，冲林田点了点头。

"如果还是不行，我也想好了，我愿意陪你们去离婚，但我也永远是你们的小棉袄，正在变得优秀的小棉袄。即便变不了很优秀、很优秀，也会是很温暖的小棉袄。"以前说不出来的话，这一刻都说出来了。

林田觉得自己真的长大了。那个曾经被忽略的小女孩不再躲在角落哭泣，不再怯懦，已经可以勇敢地站出来，直面这个世界，并且努力去了解这个世界，去改变这个世界。

哪怕只有一点点，那就一点点地来。

第二天放学，曲瑶瑶和林田拉着手走在路上，除了晚风更凉了，仿佛还是几个月前那个秋夜，月光依然细细碎碎地落在地上。

"瑶瑶，你觉得我的'月亮计划'算是成功了吗？"

"我也不知道，说成功吧，现在也还是中等生……可你在这次艺术节上的表现，熠熠生辉，都不是月亮了，简直是太阳……"

"你太夸张了吧！"

"哪有，我的厨神，我可等着我们的'林中曲'在全世界开连锁店呢。"

林田仰着头，看着天上不圆的月亮，淡淡薄云飘在它脸上，周围几粒星点，正竭尽全力闪烁着微弱的光。

"'月亮计划'好像是失败了，因为我现在还不是月亮，最多只是一颗微微发亮的星星，只能照耀自己，照耀身边几个人，但我开始喜欢这样的自己了！"林田指着天上的星星说。

可是，我亲爱的"林田们"啊，在浩瀚的宇宙里，月亮也不过是一颗卫星呀，而每一颗星，都有自己独特而美妙的轨迹。月亮就在自己独特的运行轨道上，竭尽全力地接收太阳的光，让这些光成为自己的一部分，然后再毫不吝啬地照耀人间，这才让它成为独一无二的存在。

人也一样，我们来地球一趟，要珍惜自己这张"地球一生游"的独特门票，不惧怕成长过程中的摩擦，更不要担心自己平平无奇，只要有勇气去体验，去努力，去突破……我们就会在自己的热爱里找到光，这些光就会变成你的一部分，你也会因此闪闪发光。而当有一天，你以自己的方式去照亮周围的人或更多更遥远的人时，你便也是一个独一无二的"月亮"，一个不惧怕忽视，也不会被忽视的"月亮"。

图书在版编目（CIP）数据

月亮计划 / 唐糖著. — 昆明：晨光出版社，
2024.4
（"致青春·成长"书系）
ISBN 978-7-5715-1610-9

Ⅰ. ①月… Ⅱ. ①唐… Ⅲ. ①长篇小说—中国—当代
Ⅳ. ①I247.5

中国版本图书馆CIP数据核字(2022)第130247号

月亮计划
YUELIANG JIHUA

唐 糖 著

出 版 人	杨旭恒			
策 划	程舟行　朱凤娟	排 版	云南安书文化传播有限公司
责任编辑	朱凤娟　程学琴	印 装	云南出版印刷集团有限责任公司
插 画	朱玉曼		华印分公司
装帧设计	唐 剑	经 销	各地新华书店
责任校对	杨小彤	版 次	2024年4月第1版
责任印制	廖巍坤	印 次	2024年4月第1次印刷
出版发行	晨光出版社	书 号	ISBN 978-7-5715-1610-9
地 址	昆明市环城西路609号新闻出版大楼	开 本	720mm×1010mm　1/16
邮 编	650034	印 张	10.25
电 话	0871-64186745（发行部）	字 数	140千
	0871-64186270（发行部）	定 价	34.00元

晨光图书专营店：http://cgts.tmall.com